AF289163

Urs W. Käser

Niesenblick

Kriminalroman

Impressum

Bibliografische Information der Deutschen Nationalbibliothek:
Die Deutsche Nationalbibliothek verzeichnet diese Publikation in der
Deutschen Nationalbibliografie; detaillierte bibliografische Daten sind
im Internet über http://dnb.dnb.de abrufbar.

© 2024 Urs W. Käser

Verlag: BoD • Books on Demand GmbH, In de Tarpen 42, 22848
Norderstedt
Druck: Libri Plureos GmbH, Friedensallee 273, 22763 Hamburg

ISBN: 978-3-7597-6885-8

Prolog

Dank des Schalldämpfers waren die drei Schüsse nicht weit zu hören. Der leblose Körper sackte auf den Boden des Ruderboots, die Angelrute kippte über Bord, und mit einem leisen Plopp verschwand auch die Pistole im Wasser und schwebte langsam zum schlammigen Seegrund hinunter. Das kleine Boot trieb, herrenlos und ganz leise schaukelnd, auf dem See langsam ostwärts.

Eine Schar Möwen flog heran und kreiste mehrmals über dem Boot, bevor sich die Vögel, einer nach dem anderen, auf dem Bootsrand niederliessen. Neugierig blickten sie auf den daliegenden Körper, aber vorerst wagte es keine, sich ihm zu nähern.

Als wenig später ein Motorboot auftauchte, erhoben sich die Möwen, beinahe gleichzeitig und mit lautem Geschrei, in die Luft, drehten noch eine Runde und verschwanden dann als Schwarm in den morgendlich blassblauen Himmel hinein.

Samstag, 30. Juni

Daniel Aebischer fuhr in seinem dunkelroten *Mini*, den er vor fünf Jahren als günstige Occasion erstanden hatte, hinter dem Transportfahrzeug her. Das Aufladen seiner Möbel und der Kisten frühmorgens war überraschend schnell gegangen, und die Strecke von seinem bisherigen Wohnort Bern bis nach Oberwil war nicht lang, kaum mehr als dreissig Kilometer. Schon vor Mittag erreichten sie das am nördlichen Ufer des Thunersees gelegene Dorf und hielten direkt vor dem auf der rechten Seite des Hauptplatzes gelegenen *Doktorhaus*. Trotz der Sommerhitze bekam Daniel Aebischer unwillkürlich eine Gänsehaut. Was würde ihn hier erwarten? Hier, in diesem kleinen Dorf, sollte er also fortan wohnen und als Hausarzt tätig sein! Würden ihn die Einheimischen akzeptieren, ihm dasselbe Vertrauen entgegenbringen wie seinem Vorgänger Konrad Schläpfer, der die Praxis während Jahrzehnten geführt hatte? Würde er sich in die Dorfgemeinschaft integrieren können? Daniel Aebischer schoss unvermittelt das Blut in den Kopf. Was, wenn er es nicht schaffte, wenn er als junger Arzt nicht für voll genommen würde, wenn er hier auf ewig fremd bliebe?

Nur keine Panik, versuchte er sich zu beruhigen, ich bin noch jung, und wenn es hier nicht klappen sollte, dann werde ich problemlos anderswo eine Landpraxis übernehmen können. Im ganzen Land mangelt es schliesslich an Hausärzten. Aber was soll das Grübeln, jetzt bin ich hier und muss zunächst einmal meinen Umzug hinter mich bringen! Daniel gab sich einen Ruck, stieg aus seinem *Mini*, ging die drei Treppenstufen zum Hauseingang hoch und öffnete mit dem Schlüssel die Tür zu seinem neuen Heim. Die grosszügige Doktorwohnung lag im Obergeschoss, während das Erdgeschoss von den Praxisräumen eingenommen wurde.

Drei Stunden später hatten die Umzugsmänner alle Möbel in die neue Wohnung hinaufgeschleppt und montiert, und die mehr als vierzig Schachteln voller Kleider, Bücher und sonstiger Habseligkeiten standen sauber aufgestapelt im Flur. Mit dem Auspacken wollte sich Daniel Zeit lassen. Wichtiger war jetzt die offizielle Übergabe der Hausarztpraxis. Denn übermorgen Montag würde er schon als neuer Dorfarzt im Einsatz stehen müssen! Plötzlich verspürte er grossen Hunger. Kein Wunder, sagte er sich, seit dem Frühstück um sieben Uhr habe ich nichts mehr gegessen. Er setzte sich auf einen Stuhl, packte das mitgebrachte Sandwich aus und biss gierig hinein. Wie gut das tat! Frisch gestärkt, machte er dann einen Rundgang durch die Räume seiner neuen Wohnung. Was für ein Luxus! Sechs grosszügig bemessene Zimmer, dazu eine geräumige Küche und ein hübsches Bad, alles für ihn allein!

Oder… Würde vielleicht Tanja doch irgendwann nachkommen? Daniel sah sie im Geist vor sich: Grossgewachsen, schlank und perfekt gekleidet stand sie vor ihm und lächelte ihm zu. Was für eine attraktive Frau! Warum hatten sie sich eigentlich auseinandergelebt? War es nur der Mangel an Zeit gewesen, die sie gemeinsam hatten verbringen können? Sicher, ihre Wege zum Facharzttitel waren streng gewesen, die Arbeitszeiten unendlich lang und unregelmässig, der emotionale Stress im Spital konstant hoch, die verbleibende Zeit zum Abschalten und Erholen permanent zu kurz, der Schlafmangel chronisch… Aber, waren das wirklich Entschuldigungen für die nach und nach aufgekommene Beziehungskrise? Hätte er sich mehr Mühe geben sollen, um die Beziehung zu retten? Nein, sagte er sich, es bringt nichts, jetzt wieder mit dem Grübeln anzufangen. Das *Timeout*, das sie gemeinsam vereinbart hatten, war jetzt genau die richtige Lösung. Eine bewusste Zeit der Trennung, so hatten sie es beschlossen. Er zog für seinen Neustart nach Oberwil am Thunersee, und sie blieb vorerst in der Stadtwohnung in Bern. In einigen Monaten würde man dann weitersehen.

Daniel dachte zurück an die aufregende Zeit, als es darum gegangen war, sich für den Kauf einer Landarztpraxis zu entscheiden. Es war für ihn schon länger klar gewesen, dass er sich als Hausarzt in einer ländlichen Umgebung niederlassen wollte. Und weil überall ein Mangel an Landärzten bestand, war es nicht schwierig gewesen, eine zum Verkauf stehende Praxis zu finden. Er hätte seinen künftigen Wirkungsort fast in jeder beliebigen Region der Schweiz auswählen können. Er beschloss aber, im Kanton Bern zu bleiben, und hatte in kürzester Zeit sieben Angebote vor sich liegen, die auch vom Preis her realistisch waren. Drei davon kamen in die engere Wahl, und schliesslich entschied er sich für Oberwil, den Ort, an dem er, noch als Student, sein erstes Praktikum absolviert hatte. Konrad Schläpfer, der erfahrene Landarzt, hatte ihm damals, vor über zehn Jahren, nachhaltigen Eindruck gemacht. Die Verhandlungen zum Kauf des Hauses, mit Praxis und Wohnung, waren in einer sehr kollegialen und fairen Weise verlaufen. Man war sich schnell einig geworden über den Preis und die Modalitäten der Übergabe. Nach der Vertragsunterzeichnung hatte ihn Konrad Schläpfer zu einem gediegenen Abendessen im Hotel *Niesenblick* eingeladen.

Konrad war auf die Minute pünktlich. Es schlug gerade drei, als er pro Forma die Klingel seiner Praxis betätigte. Der Öffnungsmechanismus surrte, und Schläpfer betrat die Räume, in denen er beinahe dreissig Jahre lang als Dorfarzt von Oberwil tätig gewesen war.

«Herzlich willkommen, Daniel», begrüsste er seinen Nachfolger mit einem kräftigen Handschlag, «ich freue mich sehr, dass meine geliebte Hausarztpraxis dank dir eine Zukunft haben darf. Dies ist ja heutzutage keineswegs selbstverständlich. Ich habe viele Berufskollegen in meinem Alter, die lange vergeblich nach einem Nachfolger gesucht haben und nun ihre Landpraxis schliessen müssen. Leider wollen sich heute die meisten jungen Ärztinnen und Ärzte spezialisieren und sich in einer Stadt niederlassen, wo die Arbeitszeiten geregelter sind und der Verdienst höher ausfällt. Aber ich bin nach wie vor überzeugt, dass man als Hausarzt auf dem Land mehr bewirken kann und eine befriedigendere Tätigkeit ausübt.»

«Dieser Meinung bin ich auch. Übrigens ist es ja, unter anderem, auch *dein* Verdienst, dass ich jetzt hier bin», lachte Daniel. «Das kleine Praktikum, das ich vor zehn oder elf Jahren als Student in deiner Praxis machen durfte, war für mich der Anstoss, überhaupt einmal eine Weiterbildung in Hausarztmedizin ins Auge zu fassen.»

«Das freut mich, Daniel. Trotzdem könnte ich mir vorstellen, dass du heute mit etwas gemischten Gefühlen hier angekommen bist. Ein Umzug in eine ganz fremde Umgebung ist doch ein recht grosser Schritt im Leben.»

«Ja, da vermutest du ganz recht. Meine Gefühle waren heute Morgen noch eher gemischt, aber im Augenblick überwiegt die Freude über den Neuanfang.»

«Schön! Übrigens… Ziehst du alleine hierher?»

«Ehm… Ja, bis auf Weiteres schon. Weisst du, ich habe die letzten sechs Jahre mit meiner Partnerin Tanja zusammen in Bern gewohnt. Wir kannten uns schon vom Studium her, und jetzt steht Tanja kurz vor ihrem Abschluss in Kinderchirurgie. Nun, unsere Beziehung hat in letzter Zeit etwas gebröckelt, und zudem will Tanja unbedingt in der Stadt wohnen bleiben. Deshalb haben wir beschlossen, dass sie vorderhand in Bern bleibt und dass wir uns eine gewisse Auszeit nehmen. Aber wer weiss…?»

«Du liebst sie also immer noch?», fragte Schläpfer freundschaftlich und kraulte sich seinen grauen Bart.

«Ja… Irgendwie schon…»

Konrad lächelte. «Dann kommt es gut, so oder so. Aber jetzt sollten wir uns an die Arbeit machen.»

Die beiden Männer gingen ins Sprechzimmer und setzten sich am Schreibtisch gegenüber.

«Ein wenig hast du ja die Praxis damals schon kennengelernt», begann Schläpfer, «und viel hat sich seither nicht verändert. Du weisst ja, alte Leute wie ich haben es am liebsten, wenn alles so bleibt, wie es ist…» Schläpfer zupfte wieder an seinem Bart herum. «Ich habe die Übergabe, wie ich hoffe, seriös vorbereitet. Hier, in den Schubladen auf der linken Seite, ist die Patientenkartei, und hier rechts sind die Unterlagen zur Buchhaltung. Alles übrige, wie Medikamentenschubladen, Verbrauchsmaterial etcetera, wird dir Marianne zeigen.» Er lachte verlegen. «Du siehst, bei mir ist alles noch alte Schule. Viel Papier und noch kaum etwas im Computer…»

«Kein Problem, es funktioniert ja so auch. Aber nach und nach werde ich schon auf die elektronische Methode umsteigen.»

«Aber selbstverständlich. Ihr jungen Leute seid ja sozusagen mit dem PC aufgewachsen. Trotzdem, ich bin der Meinung, dass die klinische Erfahrung und der Kontakt mit den Patienten, der ja gerade auf dem Lande so wichtig ist, nie durch den Computer ersetzt werden können. Und…», fuhr Konrad fort, «wenn du mal bei einer Patientengeschichte unsicher bist, dann kannst du mich gerne jederzeit fragen kommen. Ich bleibe ja im Dorf wohnen.»

«Vielen Dank für dein Angebot, Konrad. Sag einmal, ist es euch denn nicht schwergefallen, aus dem *Doktorhaus* auszuziehen? Ihr hättet ja auch hier wohnen bleiben können.»

«Nein, das wollten wir nicht. Erstens war die Wohnung, nach dem Auszug der beiden Töchter, für uns sowieso zu gross geworden, und zweitens fanden wir es besser, wenn der neue Arzt, so wie es bei uns im Dorf Tradition hat, auch wieder im *Doktorhaus* wohnt. Auch wenn natürlich die Sechszimmerwohnung im Moment, für dich allein, schon reichlich luxuriös ist…»

«Ja, das kann man wohl sagen!», lachte Daniel.

Schläpfer schaute auf seine Uhr. «Wo nur Marianne bleibt? Sie sollte doch um halb vier kommen… Oh, ich höre die Haustür gehen, das muss sie sein.»

Wenige Sekunden später betrat eine mittelgrosse, schlanke junge Frau mit langen, hellbraunen, zu einem Pferdeschwanz zusammengebundenen Haaren das Sprechzimmer.

«Daniel, darf ich dir Marianne, meine Tochter und gleichzeitig unentbehrliche Praxisassistentin, vorstellen? Ich weiss nicht, ob du dich überhaupt an sie erinnerst. Damals, als du hier dein Praktikum absolviert hast, war sie ja noch in der Ausbildung und hat in Bern gewohnt. Marianne arbeitet seit nunmehr acht Jahren bei mir und kennt sich in allen Belangen der Praxis bestens aus. Sie wird dir alles zeigen und erklären. Sagt euch doch gleich Du, schlage ich vor.»

Marianne streckte ihm, noch ein wenig unsicher lächelnd, die Hand hin. «Willkommen bei uns, Daniel. Dann machen wir doch gleich einen Rundgang durch die Praxis.»

«Und ich ziehe mich jetzt zurück», sagte Schläpfer. «Ich wünsche dir einen guten Start für den Montag, Daniel! Und wie gesagt, du darfst mich jederzeit aufsuchen, wenn du Fragen hast.»

Daniel hatte ein rundum gutes Gefühl, als er in der Abenddämmerung zurück nach Bern fuhr. Einen netteren Empfang am neuen Ort hätte er sich gar nicht vorstellen können! Marianne war offensichtlich kompetent und tüchtig. Sie war mit allem, was die Organisation der Praxis betraf, vertraut und hatte ihm ausführlich und geduldig jedes Detail gezeigt und erklärt. Morgen musste er noch einige Sachen an seinem alten Wohnort erledigen, aber schon jetzt verspürte er eine kribbelnde Vorfreude auf den Start am Montag, als neuer Landarzt in Oberwil am Thunersee!

Sonntag, 1. Juli

Das Klingeln des Telefons riss ihn augenblicklich aus seinem Sonntagmorgen-Halbschlaf. Er blinzelte und nahm den Hörer zur Hand.

«Polizeiposten Thun, Korporal Thomas Meier, guten Morgen.»

«Gottseidank, bin ich doch bei der richtigen Stelle gelandet!»

«Wer ist denn am Telefon, und worum geht es?»

«Wissen Sie, ich bin so schrecklich aufgeregt! Der tote Mann in diesem Ruderboot…»

«Bitte sagen Sie mir Ihren Namen, und erzählen Sie mir, was passiert ist!»

«Oh, Entschuldigung, Herr Polizist. Ich heisse Silvia von Fellenberg und bin gerade mit meinem kleinen Motorboot auf dem Thunersee unterwegs. Und da habe ich ein herrenloses Ruderboot bemerkt. Und wie ich näherkomme… Es ist furchtbar! Da liegt ein toter Mann im Boot…»

«Wo auf dem Thunersee ist das genau?»

«Etwa gegenüber der Ortschaft Oberwil, vielleicht einen Kilometer vom Ufer entfernt.»

«Können Sie bei diesem Ruderboot warten? Und auf keinen Fall etwas anfassen! Wenn Sie unser Polizeiboot dann kommen sehen, stehen Sie auf und winken uns zu, damit wir Sie schnell finden. Wir kommen so rasch wie möglich!»

«Ja natürlich, ich warte hier. Und bitte kommen Sie schnell, ich fühle mich überhaupt nicht wohl hier!»

«Machen wir», bestätigte Thomas Meier und hängte auf. Er war jetzt hellwach, sein Polizisteninstinkt war geweckt. Einen Toten in einem Ruderboot, das hatte er in seiner ganzen Zeit als Polizist noch nie erlebt! Beruhte wohl der Todesfall auf einem banalen Herzinfarkt, oder steckte gar eine Mordgeschichte dahinter? Das konnte ja spannend werden! Er holte seine Bereitschaftstasche und beorderte telefonisch den auf Pikett stehenden

Kollegen Wagner zum Polizeiboot, das im Hafen von Thun lag und geduldig auf seinen Einsatz wartete.

Silvia von Fellenberg hatte in ihrem Motorboot mehr als eine halbe Stunde neben dem Ruderboot mit der Leiche ausharren müssen. Endlich kam das Polizeiboot in Sicht! Sie stand auf und winkte mit beiden Armen. Das Polizeiboot kam schnell näher, bremste ab, drehte bei und kam präzise neben ihrem Boot zum Stillstand.

«Korporal Meier», stellte sich der Bootsführer vor, «und das ist Polizist Wagner.» Meier warf nur einen kurzen Blick zu dem auf dem Boden des Ruderbootes liegenden, blutbefleckten Mann. «Offensichtlich tot», bemerkte er trocken. «Und Sie haben also dieses Ruderboot entdeckt, Frau…?»

«Silvia von Fellenberg. Ja, ich habe ihn gefunden, das habe ich doch schon am Telefon gesagt.»

Der Polizist überhörte den leisen Vorwurf. «Haben Sie eine Ahnung, was da passiert sein könnte?»

«Nein, wie sollte ich auch? Ich bin, wie ich es hier jeden Morgen mache, schon vor acht Uhr mit meinem Motorboot losgefahren, um eine gemütliche kleine Runde auf dem See zu drehen. Und da sah ich plötzlich dieses offensichtlich herrenlose Ruderboot…»

Meier besah sich ungeniert die elegant gekleidete und gekonnt geschminkte, ältere Dame von oben bis unten. Eine solche Frau alleine in einem Motorboot unterwegs, das war ja schon ungewöhnlich! «Wohnen Sie denn hier am See?», fragte er sie.

«Nein, ich wohne in der Nähe von Bern, aber ich mache, wie jeden Sommer, in Oberwil Urlaub. Im Hotel *Niesenblick*, etwas ausserhalb des Dorfes. Eines der hoteleigenen Motorboote miete ich jeweils für die ganze Dauer meines Aufenthalts. Es ist einfach herrlich, nach Belieben meine Runden auf dem See drehen zu können.»

«Das glaube ich Ihnen gern», sagte der Polizeibeamte, «aber weniger herrlich ist es, jetzt diese Leiche vor uns zu sehen. Haben Sie denn gar nichts Verdächtiges bemerkt, als Sie das Ruderboot entdeckten?»

«Nein, gar nichts. Weit und breit war kein anderes Boot zu sehen.»

«Nun ja. Ich werde jetzt die Bergung des Toten und alles Weitere veranlassen. Sie bitte ich, mir Ihre Adresse und Telefonnummer zu geben, damit ich Sie nötigenfalls kontaktieren kann.»

«Selbstverständlich», antwortete Silvia von Fellenberg und nestelte in ihrer Handtasche, «hier ist meine Visitenkarte. Wenn Sie noch Fragen haben, rufen Sie mich einfach an. Ich wünsche Ihnen noch einen schönen Sonntag.» Sie nickte den beiden Polizisten zu, startete den Motor und brauste in einer eleganten Kurve davon.

Meier sah ihr kopfschüttelnd nach. Eine wirklich ungewöhnliche Dame, dachte er sich, und sicher steinreich, der Name von Fellenberg klang doch ganz nach Adelsfamilie… Meier stieg ins Ruderboot hinüber, beugte sich über den Toten, hievte ihn in die Seitenlage und tastete ihn ab.

«Alles klar», sagte er nach wenigen Sekunden, «der Mann wurde erschossen. Drei Schüsse, ich nehme an, er war sofort tot. Und das ist noch gar nicht lange her, allerhöchstens zwei Stunden, schätze ich mal grob. Jetzt ist es fünf vor neun, es muss also heute Morgen passiert sein. Wagner, mach du das Boot bereit zum Abschleppen. Ich verständige unterdessen die Kantonspolizei in Bern und den Spurensicherungsdienst.»

Eine Stunde später wurde der tote Mann im kleinen Bootshafen von Oberwil in den polizeieigenen Leichenwagen verladen.

«Nach Bern in die Pathologie», wies Korporal Meier den Fahrer unnötigerweise an. «Übrigens ist die Identität des Mannes bereits geklärt», ergänzte er, «er hatte nämlich einen

Personalausweis auf sich. Er heisst Martin Fankhauser und ist 65 Jahre alt. Aber wo er wohnt, steht natürlich nicht im Ausweis.»

«Das finden wir dann nullkommaplötzlich heraus», revanchierte sich der Fahrer, liess den Motor an und brauste davon.

Die zwei Männer vom kriminaltechnischen Dienst waren zehn Minuten vor dem Leichenwagen angekommen und hatten zuerst die Leiche und dann das Boot minutiös unter die Lupe genommen.

«Und?», fragte Meier, als sie begannen, zusammenzupacken.

«Nicht sehr ergiebig», erwiderte der ältere der beiden missmutig, «ein paar Fingerabdrücke, einige Haare, reichlich Blut… Und für so eine lausige Übung wird man am Sonntagfrüh aus den Federn geholt…»

Meier musste sich Mühe geben, um ein Lachen zu unterdrücken. Sollen die ruhig murren, dachte er amüsiert. Er selber freute sich nämlich darüber, dass endlich mal etwas Aufregendes passierte, wenn er denn schon am Sonntag Pikettdienst schieben musste…

Kurt Fankhauser schritt missmutig zum klingelnden Telefon.

«Was soll denn das, uns am Sonntagmorgen zu stören?», brummelte er vor sich hin.

«Guten Tag Herr Fankhauser», klang es aus der Leitung, «hier ist Bruno Widmer, Kriminalpolizei Bern.»

«Oh je, ist etwas passiert?»

«Leider, ja. Wir haben in einem Ruderboot auf dem See einen Toten gefunden. Er hatte einen Ausweis bei sich, und wir vermuten, dass es sich um Ihren Bruder Martin handelt.»

«Was! Martin soll tot sein? Das ist ja furchtbar!»

«Leider sieht es ganz danach aus. Und wir wären sehr dankbar, wenn Sie den Mann identifizieren könnten.»

«Ehm… Ja… Martin war ja wirklich ständig im Ruderboot draussen… Hatte er etwa einen Herzinfarkt?»

«Tut mir leid, das kann ich Ihnen nicht am Telefon beantworten, Herr Fankhauser. Aber wie gesagt, wir bitten Sie, heute in die Pathologie des Universitätsspitals Bern zu kommen, um ihn zu identifizieren.»

«Na gut, ich komme so rasch wie möglich.»

Kurt eilte in die Küche, wo seine Frau Heidi am Gemüserüsten war. «Ich verstehe die Welt nicht mehr», sagte er ganz leise, «Martin soll tot sein.»

«Was sagst du da? Martin ist gestorben? Plötzlich und ohne Vorwarnung? Wie traurig! Was ist denn passiert?»

«Ein Herr von der Kriminalpolizei hat angerufen. Martin sei tot in seinem Ruderboot aufgefunden worden.»

«Was! Im Boot! Was hatte er denn?»

«Der Polizist wollte mir keine Auskunft geben. Aber wenn die Kriminalpolizei anruft, kann es wohl kaum ein natürlicher Tod sein. Jedenfalls muss ich jetzt nach Bern fahren, um den Toten zu identifizieren.»

Heidi schlug sich die Hand vor den Mund. «Oh je, so etwas Furchtbares, wenn ich mir das nur vorstelle, eine Leiche anschauen zu müssen! Also ich komme jedenfalls nicht mit! Dann fahre du eben in Gottes Namen!»

Die Räume der Pathologie im Universitätsspital Bern waren kein Ort, um sich wohlzufühlen. Kurt Fankhauser bekam sofort eine Gänsehaut, als ihn der Mitarbeiter in den Raum führte, in dem der Tote aufgebahrt war. Boden, Wände und Decke des fensterlosen Raumes waren in einheitlichem, kaltem Weiss gestrichen, Tische und Stühle waren rein funktionell und strahlten in blankem Metall. Der Tote lag, von einem grossen weissen Leintuch zugedeckt, auf einer Bahre. Kurt schauderte ab der Vorstellung, es könnte tatsächlich sein Bruder sein, der da aufgebahrt war. Musste das wirklich sein? Wie würde er aussehen? Und wenn die Leiche furchtbar entstellt wäre? Oder wenn er sich gar nicht sicher wäre, ob er es war…?

Der Mitarbeiter ging zur Bahre, griff mit Daumen und Zeigefinger einen Zipfel des Leintuchs und hob ihn ganz langsam an. Wie in Zeitlupe näherte sich auch Kurt der Bahre und spähte ängstlich unter das Leintuch. Immer wieder musste er den Blick kurz abwenden. Sekunden verstrichen. Endlich lag der Kopf des Toten offen da.

Kurt wandte sich ruckartig ab. «Ja, es ist mein älterer Bruder Martin», sagte er leise, gegen den Mitarbeiter gerichtet. Dann strebte er zur Tür und eilte, beinahe wie auf der Flucht, mit langen Schritten den Flur hinunter.

«Und? War es schlimm?», fragte Heidi sofort, als Kurt kurz nach Mittag zur Tür hereinkam.

Dieser antwortete nicht, ging stattdessen in die Küche und nahm sich eine Flasche Bier aus dem Kühlschrank. Als er ins Wohnzimmer zu Heidi kam, hatte er bereits die Hälfte ausgetrunken. «Ja, es war verdammt schlimm», murmelte er und sah zum Fenster hinaus, «Martin war furchtbar zugerichtet. Alles voller Blutflecken…»

«Oh je! Was ist da bloss passiert?»

«Erschossen wurde er! Mit drei Schüssen niedergestreckt. Zum Glück war er sofort tot. Gelitten hat er wenigstens nicht. Das hat jedenfalls der Mitarbeiter in der Pathologie behauptet.»

«Ermordet also! Wer kann so etwas Schreckliches gemacht haben? Und warum? Oder hat er sich etwa selber…?»

«Denk doch mal nach, Heidi! *Drei* Schüsse! Nein, es muss sich um Mord handeln. Jedenfalls kannst du dich darauf gefasst machen, dass die Polizei überall herumschnüffeln und vielleicht sogar uns verdächtigen wird», brummte Kurt.

«Was! *Uns* eines Mordes verdächtigen? Spinnst du jetzt komplett?»

«Oh nein, liebe Heidi. Dieser ewige Streit ums Elternhaus zwischen uns Geschwistern, der wird seinen Schatten werfen… Die Polizei wird das doch sofort herausbekommen.»

«Oh je!», stiess Heidi erschrocken aus und hielt sich eine Hand vor den Mund. «Aber wir haben doch mit dem Mord nichts zu tun!»

Kurt ging nicht darauf ein und eilte zum Telefon. «Ich muss sofort Barbara benachrichtigen.»

«Ja, das ist gut», stimmte Heidi zu, «sag deiner Schwester Bescheid.»

Und wie es in einem kleinen Dorf nicht anders sein kann: Die Nachricht von Martin Fankhausers gewaltsamem Tod verbreitete sich im Laufe des Sonntagnachmittags im ganzen Dorf wie ein Lauffeuer, von Quartier zu Quartier, von Strasse zu Strasse, von Haus zu Haus. Nachbarn sprachen miteinander, spekulierten über das Wie und Warum, setzten das eine oder andere Gerücht in Umlauf. Es gab niemanden, den die Nachricht kalt liess. Die ganze Dorfgemeinschaft stand unter einem kollektiven Schock.

Montag, 2. Juli

Marianne Schläpfer war nervös. Wie würde sich die Zusammenarbeit mit diesem neuen Arzt anlassen? Seit ihrem Diplom als Medizinische Praxisassistentin hatte sie stets nur mit ihrem Vater zusammengearbeitet. Sie waren ein wunderbares Team gewesen, sie hatten sich beinahe ohne Worte verstanden, alle Aufgaben waren reibungslos und Hand in Hand vonstattengegangen. Jedenfalls beinahe. Natürlich hatte es ab und zu eine kleine Reiberei gegeben. Vater war ihr manchmal allzu konservativ vorgekommen, zu sehr nach alter Schule. Da hatte sie in ihrer Ausbildung doch zeitgemässere Methoden kennengelernt, aber sie hatte sich gehütet, diese ihrem Vater unter die Nase zu reiben. Nun, das waren ja bloss Kleinigkeiten gewesen. Aber was würde sich jetzt ändern, mit dem neuen Doktor? Würde sie sich dem frischen Wind, den der junge, modern ausgebildete Arzt zweifellos hier einbringt, anpassen können?

Marianne dachte an gestern. Natürlich war auch sie immer noch schockiert über die Nachricht vom Mord an Martin Fankhauser, den sie seit ihrer Kindheit gut gekannt hatte, der einfach immer ein Teil des Dorflebens gewesen war, der sie sogar manchmal in seinem Boot zum Fischen mitgenommen hatte. Ja, er war eher ein Einzelgänger gewesen, vielleicht etwas skurril, aber immer nett zu allen Leuten. Schmunzelnd dachte sie an Martins wechselvolles Liebesleben, an seine alle paar Jahre wechselnden Freundinnen. Wie es wohl der armen Anna jetzt ging nach diesem tragischen Ereignis?

Marianne gab sich einen Ruck und betrat die Praxisräume. Alles kam ihr wie immer vor, und sie wäre nicht erstaunt gewesen, wenn jetzt ihr Vater hereingekommen wäre. Aber nein, ab sofort war ja Daniel ihr Chef!

«Guten Morgen, Marianne!», klang es plötzlich aus dem Sprechzimmer.

Oh, er ist ja schon da! Sie ging hinein und drückte Daniel die Hand zum Gruss. «Hast du es überhaupt schon vernommen?», fügte sie gleich bei. «Ein schrecklicher Mord ist passiert, hier bei uns, an einem Einheimischen, gestern wurde er in seinem Ruderboot erschossen! Das ganze Dorf ist vollkommen schockiert.»

Daniel nickte. «Ja, es kam gestern im Radio. Aber ich hatte noch in Bern zu tun und konnte mich nicht weiter damit befassen. Ich nehme an, du hast das Opfer gekannt?»

«Aber ja. Martin Fankhauser haben doch alle gekannt. Sicher, er war etwas speziell, aber trotzdem…» Marianne wischte sich eine Träne weg. «Ach, es ist so furchtbar, wer kann denn so etwas getan haben…»

«Wirklich tragisch. Aber wir sollten uns trotzdem an die Arbeit machen», lenkte jetzt Daniel ab. «Hast du mir die Liste der für heute angemeldeten Patienten ausgedruckt?»

Marianne wandte verlegen ihren Blick ab. «Ehm… Nein, nicht ausgedruckt. Weisst du… Verzeihung, aber wir haben das bisher einfach von Hand aufgeschrieben…» Sie hielt ihm eine grosse Agenda entgegen.

«Natürlich, kein Problem!», lächelte Daniel und schaute auf das Buch. «Also… Um acht Uhr erwarten wir, als meinen ersten Patienten in Oberwil, einen gewissen Hans Anderegg.»

«Anderegg ist der Inhaber des hiesigen Baugeschäfts», erklärte Marianne. «Ein ziemlich grosser und gutgehender Laden. Hier ist sein Dossier. Übergewicht und Diabetes, du kennst ja das alte Lied. Schon beinahe eine Volkskrankheit…»

«Leider ja. Oh, es klingelt schon!»

«Ja», lachte Marianne, «hier auf dem Land hat man noch Respekt vor dem Doktor und kommt pünktlich.»

Der Mann, der das Sprechzimmer betrat, war grossgewachsen, stämmig und trug einen ansehnlichen Bauch vor sich her.

«Guten Tag, Herr Anderegg», begrüsste ihn der Arzt, «es freut mich, Sie kennenzulernen. Bitte setzen Sie sich. Was kann ich für Sie tun?»

Anderegg kratzte sich verlegen im Haar. «Nun ja, eigentlich fühle ich mich ganz gut, aber meine Blutzuckerwerte… sind eben noch zu hoch.»

«Messen Sie diese regelmässig?»

«Ja, täglich, genau wie es mich Konrad Schläpfer gelehrt hat, immer den Nüchternwert, und auch die Tabletten nehme ich gewissenhaft ein.» Anderegg zog ein Notizheft aus seiner Tasche. «Hier, die Messwerte des letzten Monats. Habe ich alles peinlich genau notiert.»

Der Arzt blätterte die Seiten durch. «Ja, Ihre Blutzuckerwerte liegen, trotz der Tabletten, immer noch leicht über dem Grenzwert. Aber zum Glück ist es nicht so schlimm, dass Sie schon auf Insulinspritzen umsteigen müssten. Ich schlage Ihnen vor, es mit einem anderen, etwas moderneren Tablettenpräparat zu versuchen.»

Anderegg hob seine buschigen Brauen. «So? Hat mir denn Konrad nicht das Richtige gegeben?»

«Doch, Doktor Schläpfer hat das schon korrekt gemacht. Aber manchmal muss man einfach verschiedene Wirkstoffe ausprobieren, bis man den geeignetsten gefunden hat. Das ist ganz normal. Versuchen Sie es mal mit diesem hier. Ich schreibe Ihnen gleich ein Rezept dafür. Wichtig ist, dass Sie jeden Morgen den Nüchtern-Blutzucker messen, so wie Sie es bisher vorbildlich gemacht haben. Und in einem Monat kommen Sie wieder vorbei. Dann schauen wir, wie sich das Ganze entwickelt hat.»

«Und… Zu meinem Gewicht sagen Sie nichts?» Anderegg grinste jetzt beinahe spitzbübisch.

«Nun ja… Ich möchte meine Patienten nicht schon beim ersten Termin mit zu vielen Ratschlägen eindecken», grinste Aebischer zurück. «Aber natürlich wäre es sehr hilfreich, wenn Sie einige Kilos verlieren könnten. Das hilft fast immer, den Diabetes zu verbessern. Sind Sie verheiratet?»

«Ja eben! Und Kathrin kocht ganz ausgezeichnet…»

«Aber das muss doch überhaupt kein Widerspruch sein!», lachte der Arzt. «Entscheidend sind Quantität *und* Qualität des Essens.»

«Wem sagen Sie das, Herr Doktor? Die sogenannten Patentrezepte kenne ich doch auswendig. Weniger Kohlenhydrate, weniger Süsses, weniger Alkohol, mehr Gemüse und Salat, mehr Ballaststoffe…»

«Na also! Sie wissen doch bestens Bescheid, Herr Anderegg. Und ich bin mir auch bewusst, dass es keineswegs einfach ist, alte Gewohnheiten abzulegen und seine Ernährung umzustellen. Aber ich bin zuversichtlich, dass Sie dies, zusammen mit Ihrer Frau, schaffen werden.»

«Danke, Herr Doktor. Also dann in einem Monat wieder.»

Nachdem Anderegg gegangen war, blickte Daniel auf die Patientenliste. «Also jetzt, nach diesem alltäglichen Routinefall, kommt… eine gewisse Laura Ramseier.»

«Ja, Laura ist die Tochter und gleichzeitig Sekretärin unseres Gemeindepräsidenten, Peter Ramseier», ergänzte Marianne. Dann hob sie plötzlich den Zeigefinger. «Und nimm dich bloss in acht vor ihr!»

Daniel hob die Augenbrauen. «Ehm… Warum denn das?»

«Na, du wirst es gleich sehen…»

«Was meinst denn *du* zu diesem neuen Fall?», fragte Kriminalkommissarin Veronika Steiger mit harter Stimme und blickte ihren Assistenten herausfordernd an.

Doch Bruno Widmer liess sich nicht irritieren. Er kannte Veronika schon viele Jahre, und er wusste, dass ihre manchmal strenge Miene und ihr harscher Tonfall überhaupt nicht tadelnd gemeint waren, sondern einfach ein Zeichen dafür, dass sie sich konzentriert, ja manchmal etwas allzu verbissen, einer Sache widmete. Bruno Widmer überflog nochmals kurz die vor ihm liegenden Dokumente: Das Protokoll seines Kollegen Thomas Meier aus Thun, den vorläufigen Bericht der

Kriminaltechnischen Abteilung und den Obduktionsbericht des Pathologen. Letzterer war erst vor zehn Minuten eingetroffen.

«Eine sehr spezielle Situation haben wir da», begann er. «Ein Mann liegt tot in seinem eigenen Ruderboot auf dem Thunersee, etwa einen Kilometer vom Oberwiler Ufer entfernt. Es ist Martin Fankhauser, 65 Jahre alt, pensioniert, wohnhaft allein in einem Haus in Oberwil. Er wurde gestern früh zwischen sieben und acht Uhr mit drei Schüssen niedergestreckt und war sofort tot. Sein Bruder Kurt hat ihn gestern noch in der Pathologie identifiziert. Im Boot selbst fanden sich nur wenige Spuren. Die sichergestellten Fingerabdrücke stammen vom Opfer selber sowie von einer weiteren Person, die wir noch nicht kennen. Ob auch fremde Haare oder Hautpartikel vorhanden sind, wird noch untersucht. Eine der drei Kugeln ist wieder ausgetreten und steckt im Holz des Bootes. Es gibt keine Anzeichen dafür, dass das Opfer bereits tot ins Ruderboot gehievt worden wäre. Der Mann wurde also im Boot umgebracht. Aus der Art der Wunden lässt sich aber schliessen, dass die Schüsse aus einer Distanz zwischen acht und zwölf Metern abgegeben wurden.»

«Aha! Demnach muss der Mörder in einem zweiten Boot gewesen sein.»

«Ausser er hätte vom Ufer aus auf das vertäute Boot geschossen, aber das scheint mir unwahrscheinlich. Einerseits wegen des Risikos, dabei gesehen oder gehört zu werden, andererseits hätte er dann das Ruderboot mit dem Toten weit in den See hinaus schleppen müssen.»

«Einverstanden», meinte Veronika.

«Von der Tatwaffe, einer Pistole vom üblichen Kaliber, fehlt jede Spur», fuhr Bruno fort. «Es ist zu befürchten, dass sie irgendwo unauffindbar auf dem schlammigen Seegrund liegt. Der See ist in dieser Gegend mehr als hundert Meter tief, da wäre es schwierig, die Waffe zu finden. Nun, wenn es nötig sein sollte, müssten wir es eben versuchen. Der Tote hatte übrigens einen Schlüssel bei sich. Ich nehme an, es ist sein Hausschlüssel.»

Veronika hatte sich ein wenig entspannt. Sogar ein Anflug von Lächeln umspielte jetzt ihre Mundwinkel. Eigentlich eine sehr schöne Frau, dachte Bruno, nur schade, dass sie oft so raubeinig wirkt.

«Das klingt doch durchaus herausfordernd», sagte sie jetzt, «und ich bin überzeugt, dass dieser Fankhauser eine spannende Lebensgeschichte hat. Wer bringt schon einfach so einen Rentner um? Der muss sich schon einiges aus der Kategorie *deftig* geleistet haben!» Aber gleich darauf war ihr Lächeln schon wieder weg. «Ich bedaure es wirklich, dass ich momentan gar keine Zeit übrig habe», sagte sie grimmig und klopfte mit den Fingerknöcheln auf den Tisch. «Der Chef sitzt mir im Nacken, endlich die beiden Fälle Ammann und Seeger abzuschliessen. Also wirst du heute und morgen allein in diesem Kaff am Thunersee ermitteln müssen. Ach, wie ich diesen Stress hasse!»

«Danke für dein Vertrauen», erwiderte Bruno, ohne auf ihren Wutausbruch einzugehen, «ich werde mich also heute in Oberwil umhören. In so einem kleinen Dorf wissen die Leute doch manches voneinander. Ob sie wohl gleich damit herausrücken werden? Und ob ich es schaffen werde, Gerüchte und Wahrheit auseinanderzuhalten?»

Veronika erhob sich zugleich mit ihm und stupste ihn mit der Hand leicht in die Brust. «Das schaffst du, Kollege, nur zu!»

Das Hotel Niesenblick erfreute sich einer aussergewöhnlich schönen Lage. Einen Kilometer östlich des Dorfes Oberwil, unterhalb der Hauptstrasse direkt am See gelegen, war das Hotel ein Anziehungspunkt für eine anspruchsvolle, die Ruhe liebende Kundschaft aus der Schweiz und dem Ausland. Die Aussicht von den Balkonen war schlicht atemberaubend. Im Vordergrund lag die meist in grünlichen Farben schillernde Wasserfläche des Thunersees, und dahinter zeigte sich das ganze Panorama der Berner Hochalpen, mit ihren auch im Sommer schnee- und eisbedeckten Gipfeln. Vor dem fünfstöckigen Haus erstreckte sich, bis zum See hinunter, eine grosse, mit Ahornbäumen, Rosskastanien, Rosengebüschen und Blumenrabatten bestückte, einzig für Hotelgäste reservierte Gartenfläche. Am Ufer standen mehrere, von Weidenbäumen beschattete Ruhebänke, und daneben lag ein hoteleigener kleiner Bootshafen. Vier Ruderboote, drei Segelboote und zwei Motorboote standen den Hotelgästen gegen eine geringe Gebühr zur Verfügung.

Das Hotel Niesenblick war im Jahre 1904 erbaut worden und zog schon bald eine rasch wachsende internationale Kundschaft an. Doch mit Kriegsausbruch 1914 blieben plötzlich alle ausländischen Gäste weg, und ein Jahr später war das Haus, wie unzählige andere Schweizer Hotels auch, bankrott. Es stand leer, bis es 1923 von der Berner Familie Zurbuchen gekauft wurde. Doch die neue Besitzerfamilie scheute sich davor, in grossem Stil zu renovieren und verpasste es so, die anspruchsvolle Kundschaft der zwanziger und dreissiger Jahre anzulocken. Darum hielt sich das Niesenblick bis nach dem zweiten Weltkrieg als Mittelklassehotel nur knapp über Wasser. 1955 aber übernahm die reiche Hoteliersfamilie von Gunten das Zepter. Die teure, umfassende Renovation zahlte sich aus, die betuchten Gäste entdeckten den hochklassigen, sympathischen Familienbetrieb neu und empfahlen ihn im Bekanntenkreis weiter.

Seither wurde das Haus konsequent rund alle zwanzig Jahre auf den neusten technischen Stand gebracht. Trotzdem strahlte die Atmosphäre des Hotels nach wie vor eine wohltuende Ruhe aus, beinahe als sei die Zeit seit Anfang des zwanzigsten Jahrhunderts stehengeblieben. Die Möblierung wurde konsequent klassisch gehalten. Es gab eine reichhaltig ausgestattete Bibliothek mit gemütlichen Leseecken, einen Wintergarten mit riesigen Topfpflanzen, für kühle Tage einen offenen Kamin mit bequemer halbrunder Sitzgruppe davor, und an heissen Tagen war die von Platanen beschattete Terrasse ein beliebter Aufenthaltsort. Aber zur guten Atmosphäre trug auch das Personal ganz wesentlich bei. Die Direktion achtete strikt darauf, nur sehr gut geschulte und ausserordentlich freundliche Mitarbeitende einzustellen. Kein Wunder also, galt das Niesenblick in Oberwil als Geheimtipp unter den gut betuchten Erholungssuchenden von nah und fern.

«Guten Morgen, Frau von Fellenberg! Hier ist Ihr erster Kaffee des Tages. Haben Sie gut geschlafen?»

Monika Lüthi stellte das Tablett mit einem Kännchen Kaffee, mit Tasse und Untertasse aus Meissner Porzellan, mit einem Silberlöffel und einem winzigen Krüglein Sahne sorgfältig vor Silvia von Fellenberg auf den Tisch.

«Danke, liebe Monika! Sie sind immer so freundlich, das schätze ich sehr. Oh ja, ich habe herrlich geschlafen und auch schon meine kleine Morgenrunde mit dem Motorboot auf dem See hinter mir.»

«Und was möchten Sie zum Frühstück bestellen?»

«Nun… Bringen Sie mir zwei Spiegeleier, ein wenig Speck, ein Stück reifen Emmentalerkäse und ein Vollkornbrötchen. Und natürlich meinen täglichen frischgepressten Orangensaft!»

«Sehr gern, Frau von Fellenberg! Ich gebe die Bestellung gleich auf. Wissen Sie, langjährige Stammgäste wie Sie sind mir am liebsten, und ich freue mich jeden Sommer darauf, mit Ihnen zu plaudern und Sie zu verwöhnen. Sind Sie denn zufrieden mit Ihrem diesjährigen Urlaub bei uns am Thunersee?»

«Oh ja, sehr! Das Wetter war ja herrlich, das Hotel wie immer perfekt und auch die anderen Gäste sehr angenehm. Nur schade, dass ich nächste Woche schon heimfahren muss. Übrigens, Monika, haben Sie auch schon von diesem toten Mann gehört, der in seinem Ruderboot gefunden wurde?»

«Aber natürlich, Frau von Fellenberg, so etwas geht doch in unserem kleinen Dorf wie ein Lauffeuer herum. Eine furchtbare Tragödie! Der Tote ist übrigens ein Onkel von mir, der Bruder meiner Mutter Barbara Lüthi, geborene Fankhauser.»

«Oh wie schrecklich, das tut mir aber leid! Wissen Sie, ich selber habe den Toten gestern, bei meiner morgendlichen Runde auf dem See, entdeckt.»

«Was, *Sie* waren das! Wie furchtbar! Das muss doch ein riesiger Schock für Sie gewesen sein!»

«Oh ja! Es sah schlimm aus, alles voller Blut… Zum Glück hatte ich mein Handy dabei, und ich habe natürlich sofort die Polizei alarmiert. Sagen sie mal: Hat die Polizei eigentlich schon eine Spur, wer den Mann umgebracht haben könnte?»

«So viel ich weiss, nicht. Niemand von uns kann sich vorstellen, wer Martin Fankhauser hätte umbringen wollen und weshalb.»

«Nun ja, es wird sich schon aufklären.»

«Hoffen wir es. Ich bestelle gleich Ihr Frühstück und wünsche Ihnen dann einen angenehmen Tag.»

Silvia von Fellenberg lehnte sich zurück, blickte sich auf der Terrasse um und sah dann entspannt auf den See hinaus. Diese Ruhe, dieser Friede, diese Aussicht! Hatte sie das wirklich verdient? Aber warum eigentlich nicht? Ja, dachte sie wehmütig, in ihrem Leben hatte es viele Hochs und Tiefs gegeben, Zeiten des Mangels und Zeiten des Überflusses, Zeiten des Glücks und Zeiten der Verzweiflung. Also insgesamt und rückblickend ein ganz normales Menschenleben? Sie war als Kind bettelarm gewesen, und jetzt war sie steinreich. Sie hatte mit siebzehn in der schlimmsten Krise ihres Lebens gesteckt, und mit dreiundzwanzig hatte sie ihren Märchenprinzen gefunden. Wunderbare Jahre hatten sie als Paar zusammen verbracht. Jetzt war sie Witwe, manchmal traurig, manchmal glücklich. Und sie kam jeden Sommer ins Niesenblick, an den Ort, wo sie und ihr Mann die schönsten Tage ihres Lebens verbracht hatten. Glich sich eigentlich am Ende alles aus? Versöhnte sie dies mit ihrer schwierigen Kindheit? Ach, lass doch die Vergangenheit endlich ruhen, sagte sie sich. Ich habe ein gutes Leben, kann den Sommer im Niesenblick geniessen, auf den See hinausschauen, was will ich noch mehr?

Laura Ramseier kam auf die Minute pünktlich in die Praxis. «Guten Morgen, Marianne!», rief sie schon unter der Tür. «Bestimmt hast auch du die Hiobsbotschaft vernommen?»

«Natürlich! Wie schrecklich!»

«Es heisst, er sei in seinem Ruderboot erschossen worden!»

«Ja, eine schlimme Geschichte. Ein Mord in Oberwil, hat es das schon je gegeben?»

«Wohl kaum», mutmasste Laura.

«Bitte komm jetzt ins Sprechzimmer, Laura, der Arzt erwartet dich schon.»

«Ja, ja, der neue Doktor, da bin ich doch mal gespannt…»

Marianne hatte nicht übertrieben mit ihrem Hinweis, er solle sich in Acht nehmen. Daniel war vom Fleck weg hingerissen. Der Ausdruck *femme fatale* kam ihm in den Sinn. Eine Erscheinung wie frisch aus dem Versandhauskatalog, einfach von Kopf bis Fuss perfekt gestylt! Kein Detail fehlte zu diesem vollkommenen femininen Eindruck. Laura Ramseier, 32 Jahre alt, hatte kein Gramm zu viel und auch keines zu wenig auf dem Körper. Sie trug eine blassblaue Bluse, einen nicht ganz knielangen, gelbgrünen Jupe und rote Sandalen mit dünnen, ziemlich hohen Absätzen. Ihr Gesicht war rundlich, mit weichen Linien faltenfrei gezeichnet, die eine Spur zu tief liegenden Augen von einem satten Braun, die Nase kokett ein wenig nach oben gebogen. Ihre Augenpartie hatte sie breitflächig violettblau geschminkt, die Wimpern waren verführerisch lang und schwarz, die Lippen intensiv rot angemalt. In ihren Ohrläppchen baumelte je ein grosser goldener Ring, die braunen, mittellangen Haare fielen in sanften Wellen auf ihre Schultern. An den gepflegten Händen trug sie keinen Schmuck, aber ihre sorgfältig geschnittenen, halblangen Fingernägel leuchteten in einem satten Rotviolett.

«Laura Ramseier», stellte sie sich selbstbewusst vor und drückte ihm kräftig die Hand. «Seit meiner Geburt hier in diesem abgelegenen Dörfchen wohnhaft. Aber ich will ja nicht klagen.

Es freut mich sehr, dass Konrad einen Nachfolger für seine Praxis gefunden hat. Sonst hätte ich fortan immer nach Thun fahren müssen, um einen Arzt aufzusuchen.»

«Ja, ich freue mich, die Nachfolge von Konrad Schläpfer antreten zu dürfen.»

Laura Ramseier lächelte ihm herausfordernd zu. «Nun… Sie sind ja bestimmt auf dem neuesten Stand der medizinischen Erkenntnisse. Und als… ehm… sehr gutaussehender, junger Mann werden Sie auch leicht einen Draht zu Ihren Patientinnen finden.»

Daniel stutzte. Was sollte diese Bemerkung? Aber er ging nicht darauf ein und schaute auf das Dossier, das ihm Marianne zurechtgelegt hatte. «Sie kommen vermutlich wegen Ihrer Allergie zu mir?»

Laura Ramseier zog demonstrativ ein Papiertaschentuch hervor und schnäuzte sich. Erst jetzt bemerkte der Arzt, dass ihre Nasenflügel und ihre Augen leicht gerötet waren. «Ja, meine Nase läuft ständig, und die Augen jucken. Wissen Sie, das ist furchtbar unangenehm, und zudem verläuft immer meine Schminke und die Wimperntusche. Ich dachte schon, es sei für dieses Jahr endlich vorbei mit dem Heuschnupfen. Aber bei diesem heissen, trockenen Wetter fliegen die Gräserpollen offenbar doch wieder herum…»

«Ja, die Gräser blühen tatsächlich immer noch. Nehmen Sie denn die Medikamente, die Ihnen mein Vorgänger verschrieben hat?»

«Leider sind sie mir ausgegangen!»

«Gut, dem können wir leicht nachhelfen.» Daniels Stimme wurde lauter. «Marianne! Ich nehme an, dass wir *Avamys* und *Livostin* vorrätig haben, nicht wahr?»

«Ja natürlich», klang es sogleich vom Nebenzimmer her.

«Sehr gut», fuhr er fort. «Ich denke, mit diesen beiden modernen Präparaten sind Sie bestens versorgt.»

Marianne erschien mit zwei Medikamentenschachteln in der Hand. Daniel bemerkte erstaunt, dass sie Laura einen überaus giftigen Blick zuwarf. Oh je, dachte er, auch hier herrschen weibliche Rivalitäten…

Laura Ramseier nahm die Medikamente entgegen und lächelte Aebischer zu. «Ich bin Ihnen sehr dankbar, Herr Doktor. Und…», sie senkte die Stimme ein wenig, «ich hoffe, wir sehen uns gelegentlich wieder.» Mit diesen Worten stand sie auf und stöckelte, gekonnt mit den Hüften schwingend, aus der Praxis.

Daniel blieb noch einige Sekunden verwirrt sitzen. Was sollte dieser Auftritt? Die Frau war zweifellos sehr attraktiv, aber irgendwie tat sie übertrieben. Was hatte Marianne vorher gesagt? Er solle sich in acht nehmen! Ja, das hatte schon etwas... Andererseits konnte er doch tun und lassen, was ihm beliebte! Er gab sich einen Ruck und ging zu Marianne hinüber. «Wer kommt denn noch?»

Sie schaute in die Agenda. «Weitere sechs Personen sind für den Vormittag angemeldet. Wenn nicht zusätzlich ein Notfall hereinkommt, haben wir reichlich Zeit für sie.»

Was für ein guter Anfang heute, dachte Daniel zufrieden, als er sich die Hände desinfizierte, um den nächsten Patienten zu empfangen.

Kommissar Bruno Widmer war auf direktem Weg nach Oberwil gefahren und sass nun, in Polizeiuniform, im Wohnzimmer eines typischen, aus Holz erbauten Berner Oberländer Einfamilienhauses im Chalet-Stil. Die bodentiefe Fensterfront, eigentlich gar nicht zum Chalet-Stil passend, bot einen phantastischen Blick, weit über den Thunersee hinweg auf die Bergwelt. Linkerhand glitzerten im leichten Dunst die Schnee- und Eisfelder von Eiger, Mönch und Jungfrau, etwas weiter rechts leuchteten die Gletscher der Blüemlisalp, und geradeaus ragte der kegelförmige Gipfel des Niesen in den blauen Himmel. An seinem

Nordabhang klebte ein letztes, noch nicht geschmolzenes Schneefeld vom letzten Winter.

«Keine üble Aussicht haben Sie da», sagte Bruno Widmer einleitend.

Kurt Fankhauser nickte nur zerstreut. Es war ihm anzusehen, wie stark ihn der Mord an seinem Bruder beschäftigte.

«Herr Fankhauser», fuhr der Kommissar fort, «zunächst möchte ich Ihnen danken, dass Sie gestern extra nach Bern gefahren sind, um Ihren toten Bruder Martin zu identifizieren.»

«Jemand musste es ja tun», brummte Fankhauser und blickte gedankenverloren zum Fenster hinaus auf den See. «So ein trauriges Ende hätte ich ihm nicht gewünscht. Martin war der Älteste von uns, zwei Jahre älter als ich und fünf Jahre älter als unsere Schwester Barbara. Und… Wissen Sie, alle drei sind wir unser ganzes Leben hier in diesem Dorf hängengeblieben…»

«Bedauern Sie das denn?», fragte Bruno Widmer ins Blaue hinein.

«Sie stellen aber merkwürdige Fragen, Herr Kommissar! Nun, meine Antwort ist Ja und Nein! Man fühlt sich hier zuhause, alles geht seinen geregelten Gang… man baut sich ein Geschäft auf, gründet eine Familie… Und doch, wie wäre es woanders gewesen? Vielleicht spannender, aufregender? Wer weiss?»

«Ja, das können wir nicht wissen. Aber nun zurück zu Ihrem Bruder Martin. Er wurde gestern früh, weit draussen auf dem See, in seinem eigenen Ruderboot erschossen. Haben Sie irgendeine Ahnung, wer das getan haben könnte, und warum? Hatte er Feinde? Gab es Leute, die ihm übel wollten?»

Kurt Fankhauser liess sich Zeit. «Nehmen Sie ein Glas Roten?», fragte er unvermittelt.

Bruno Widmer war unsicher. Trinken im Dienst? Eigentlich war dies nicht erlaubt, aber irgendwie hatte er das Gefühl, er könne mehr aus seinem Gegenüber herausholen, wenn er mit ihm angestossen hätte. «Gerne!», sagte er schliesslich.

Fankhauser entkorkte eine Flasche Walliser Rotwein und schenkte ein. «Ja, warum musste Martin sterben?», sagte er, fast mehr zu sich selber, und starrte wiederum zum Fenster hinaus. Dann hob er sein Glas. «Prost!»

Man hörte eine Tür gehen. «Kurt, bist du da?», klang es von hinten.

Gleich darauf betrat eine Frau den Raum. «Oh, die Polizei ist hier!», rief sie erschrocken.

Der Kommissar erhob sich und streckte der Frau die Hand hin. «Bruno Widmer, Kriminalpolizei Bern. Sie wissen ja, worum es geht.»

«Heidi Fankhauser», stellte sich die kleingewachsene Frau mit einem schwachen Händedruck vor und strich sich eine graue Haarsträhne aus der Stirn. «Natürlich. Mein armer Schwager Martin. Warum musste er bloss auf diese grausame Weise sterben?»

«Haben *Sie* vielleicht eine Idee dazu?»

Heidi Fankhauser schenkte sich auch ein Glas Wein ein und trank sogleich einen Schluck. «Nun, wenn Sie so direkt fragen… Martin war irgendwie schon sehr speziell. Nicht wahr, Kurt? Wie soll ich das jetzt ausdrücken? Auf eine Weise war er ein Lebenskünstler, er blieb ganz alleine im alten Elternhaus wohnen und war seit seiner vorzeitigen Pensionierung die halbe Zeit auf dem See beim Fischen. Er hat nie geheiratet, obwohl – oder vielleicht weil? – er bei Frauen ausgesprochen gut ankam… manchmal auch bei Verheirateten… Offenbar zog seine lockere, unbeschwerte Lebensweise gewisse Frauen an. Vielleicht hat auch sein extravagantes Motorrad dazu beigetragen?»

«Ja?», fragte der Kommissar und schmunzelte.

«Martins zweite Passion», fuhr sie fort, «neben dem Fischen auf dem See, war seine Harley-Davidson, die er mit Hingabe pflegte und ausfuhr. Und auf dem Soziussitz nahm eben nicht selten eine Frau Platz…»

«Lebenskünstler, nun ja», wandte ihr Mann Kurt jetzt ein, «vor allem aber war Martin ein Aussenseiter im Dorf, manchmal sogar ein Querschläger. Also dieses Theater mit dem Sonnenrain hätte nicht sein müssen…»

«Sonnenrain?»

«Natürlich können Sie das nicht wissen, Herr Kommissar. Der Sonnenrain ist eine grosse Wiese oberhalb unseres Dorfes. Der Gemeinderat hat beschlossen, diese Wiese als Bauzone auszuweisen und damit die Pläne unseres Bauunternehmers Hans Anderegg zu unterstützen. Anderegg will dort oben eine exklusive Terrassensiedlung realisieren. Zweiunddreissig luxuriöse Wohnungen mit herrlicher Aussicht auf See und Berge, das wäre natürlich eine Goldgrube für unsere Gemeinde, verstehen Sie?»

«Und was sprach gegen dieses Projekt?»

«Ha!», schnaubte Kurt Fankhauser, «angeblich der Naturschutz. Martin hat sich, zusammen mit dem Naturschutzverein Thun, dafür stark gemacht, dass diese anscheinend wertvolle Wiese unberührt erhalten bleibt. Aber er hätte wohl kaum eine Chance gehabt, der Gemeinderat stand ja geschlossen hinter der neuen Überbauung, und zudem steht die Wiese nicht einmal im Naturschutz-Inventar.» Er zuckte mit den Schultern. «Aber ob man Martin deswegen umgebracht hat?»

«Wem gehört denn diese Wiese?», fragte der Kommissar weiter.

«Das Land gehört Paul Anderegg, dem Bruder von Hans. Er bewirtschaftet einen dreissig-Hektaren-Betrieb oberhalb des Dorfes. Die betreffende Wiese weist er als Biodiversitätsförderfläche aus und erhält dafür finanzielle Beiträge.»

Bruno Widmer hob seine Brauen. «Aber… Wenn er die Wiese als Bauland verkaufen kann, wird ihm dies wohl etliches mehr einbringen?»

«Oh ja, zweifellos.»

«Zurück zu Ihrer Bemerkung, Frau Fankhauser, dass Martin bei Frauen immer gut angekommen sei. Können Sie mir Namen nennen?»

«Oh, das ist heikel…» Heidi Fankhauser hielt sich eine Hand vor den Mund.

«Ich bitte Sie, es geht hier um einen kaltblütigen Mord!», fuhr der Kommissar ungeduldig dazwischen.

Heidi Fankhauser war sichtlich eingeschüchtert, und ihr Mann machte keine Anstalten, ihr zu helfen. «Also dann…», sagte sie leise, «Anna Ramseier war seine letzte Geliebte. Die Frau unseres Gemeindepräsidenten.»

«Aha. Wie lange ging das schon? Und was war vorher?»

«Ja, wie lange schon? Vielleicht zwei oder drei Jahre, dass ihn Anna regelmässig besuchte. Davor war Martin mit einer sehr hübschen Frau aus Thun zusammen. Ich würde sie sofort wiedererkennen, aber ihren Namen weiss ich nicht mehr.»

«Gut. Und noch eine letzte Frage: Waren Sie gestern Sonntag früh hier zuhause?»

«Ja, wir sind gegen acht Uhr aufgestanden und haben dann gemütlich gefrühstückt.»

«Und Sie haben keine Schüsse gehört? Oder sonst etwas Ungewöhnliches beobachtet, sei es am Ufer oder auf dem See?»

Beide schüttelten den Kopf.

«Schade. Trotzdem vielen Dank für Ihre Auskünfte.»

Na ja, dachte Bruno Widmer, als er die Dorfstrasse hinunterging, eigentlich habe ich schon Vieles über diesen Toten erfahren. Lebenskünstler, Aussenseiter, Querulant, Frauenschwarm… Da könnte noch mehr zum Vorschein kommen… Er nahm sich vor, nach der Mittagspause Fankhausers Schwester Barbara zu befragen und danach sein Wohnhaus in Augenschein zu nehmen. Plötzlich spürte er ein Hungergefühl aufkommen. Tatsächlich, schon zehn vor zwölf! Nach dem, was er bisher gesehen hatte, gab es nur ein einziges Restaurant, den Sternen, mitten im Dorf an der Hauptstrasse gelegen. Aber wollte er das? Ganz allein und in Uniform im Lokal essen, unter den neugierigen Blicken der Einheimischen, die genau wussten, warum er hier war? Nein, entschied er, das war ihm zu exponiert. Wenige Schritte weiter hatte er vorhin ein kleines Lebensmittelgeschäft gesehen. Rasch ging er hin und stellte erleichtert fest, dass es noch geöffnet war. Er kaufte sich ein Picknick, stieg hinunter zum Seeufer und setzte sich auf eine Bank im Schatten einer mächtigen Silberweide.

«Vielen Dank für die freundliche Einladung, Katharina!»

Daniel Aebischer drückte Marianne Schläpfers Mutter die Hand.

«Aber das ist doch selbstverständlich!», erwiderte sie lachend, «an deinem allerersten Tag in der Praxis musst du doch nicht auswärts Mittag essen gehen, oder womöglich gar selber kochen! Komm rein und setz dich zu Tisch, Konrad wird auch gleich kommen.»

Daniel zog seine Strassenschuhe aus, durchquerte den Flur, betrat das Esszimmer und setzte sich an den für fünf Personen gedeckten Tisch. Kaum hatte er sich über diese Zahl gewundert, kam ein junger Mann ins Zimmer. Er war schlank, hatte längere blonde Haare und einen auffallend steifen Gang. Seine Gesichtszüge glichen eindeutig denen Katharinas, während seine restliche Erscheinung eher den jungen Konrad widerspiegelte. Es konnte nur ihr Sohn sein, von dessen Existenz er bisher nichts gewusst hatte. Der junge Mann sah starr geradeaus, als ob er Daniel nicht gesehen hätte, und blieb hinter einem der Stühle am Tisch stehen. Mit ausdrucksloser Miene blickte er während längerer Zeit auf die Sitzfläche, als müsste er überlegen, ob dies auch sein Stuhl sei. Ganz plötzlich packte er dann die Lehne, zog den Stuhl etwas vom Tisch weg, setzte sich ruckartig, schob sich dann dicht an den Tisch heran, legte beide Hände auf die Tischplatte und begann mit den Fingern zu trommeln. Doch plötzlich stoppte er damit, hob den Kopf, wandte den Blick und sah Daniel mit offensichtlichem Erstaunen an. Doch dies währte nur Sekunden. Dann wurde sein Blick wieder leer und schien in weiten Fernen zu schweben.

Daniel fasste Mut und sagte laut: «Guten Tag, ich bin Daniel.» Aber er bekam keine Antwort.

In diesem Moment erschien Katharina Schläpfer im Türrahmen. «Oh...», stiess sie überrascht aus, «Manuel ist schon da! Entschuldige, Daniel, ich habe dir noch gar nichts von unserem Jüngsten erzählt. Also, das ist Manuel.» Sie trat neben den jungen Mann und strich ihm zärtlich über seine blonden Haare. «Weisst du, Manuel ist nicht sehr gesprächig. Manchmal sagt er etwas, meistens aber nichts. Nimm ihn doch einfach so an, wie er ist.»

Daniel nickte. Er hatte begriffen. Manuel, Schläpfers jüngstes Kind, war Autist und möglicherweise leicht geistig behindert. Daniel hatte bisher in seiner ärztlichen Laufbahn nur mit ganz wenigen autistisch veranlagten Personen zu tun gehabt und fühlte sich darum diesem Manuel gegenüber unsicher. Sollte er ihn nochmals ansprechen? Oder warten, bis er aus sich herauskam? Danach sah es aber gar nicht aus. Manuel starrte die weisse Zimmerwand an, als ob es dort etwas Interessantes zu sehen gäbe. Welcher Film sich wohl in seinem Kopf abspielte? Unvermittelt nahm er jetzt Messer und Gabel zur Hand, als ob er zu essen anfangen wollte. Plötzlich wurde ihm bewusst, dass sein Teller noch leer war. Da drehte er das Besteck in seinen Fingern herum, betrachtete es von allen Seiten und warf es schliesslich achtlos auf den Tisch zurück.

Die Tür ging, und Konrad kam herein. «Aha, mein Nachfolger hat den ersten Praxisvormittag überlebt!», scherzte er. «Und... die Patienten ebenfalls?», spöttelte er weiter.

«Aber Konrad!», fuhr Katharina dazwischen, «also du übertreibst.»

«Lass ihn nur scherzen», wiegelte Daniel ab. «Ja, wir haben alle bestens überlebt. Medizinisch gesehen waren es lauter

Bagatellfälle. Kein Unfall und auch keine ernsthafte Krankheit. Ich bin sehr zufrieden. Du auch, Marianne?»

Diese war soeben im Türrahmen erschienen. «Ehm… Ja, wirklich, es ging alles problemlos.»

Oh, oh, dachte Katharina bei sich, so wie Marianne den Daniel eben angeblickt hat, da sehe ich schon etwas kommen…

«Aber sagt mal», fuhr Daniel fort, «dieser Mord von gestern, was denkt ihr darüber?»

«Ich kann es noch kaum glauben», erwiderte Katharina, «der Martin Fankhauser, getötet… Wir haben ihn doch alle so gut gekannt!»

«Aber es muss doch einen Grund dafür gegeben haben!»

Konrad lachte verlegen. «Sieh mal, Daniel, in einem kleinen Dorf wie hier, da gibt es immer unzählige Gründe, einen Mitmenschen zum Teufel zu wünschen…»

«Gut, das sagt man vielleicht schnell mal so. Aber dies dann ganz konkret werden zu lassen, bis hin zu einem Mord?»

«Ich kann mir das Ganze auch nicht erklären», entgegnete Konrad, «lassen wir doch mal die Polizei ermitteln.»

«So, jetzt langt aber herzhaft zu», wechselte Katharina das Thema, «und lasst es euch schmecken.»

Doch Katharina konnte ihre Gedanken nicht zügeln. Ständig kreisten sie um diesen Mord herum. Da plötzlich kam ihr eine Idee. Könnte das Ganze vielleicht mit dieser wirklich uralten Geschichte zusammenhängen, mit dieser jungen Frau, der Martha, damals…? Auch jetzt, Jahrzehnte später, war ihr dieses tragische Geschehen noch so hautnah präsent! Doch Katharina behielt die Idee vorerst für sich.

Barbara Lüthi, geborene Fankhauser, öffnete gleich nach dem ersten Klingeln. Sie bewohnte die obere Etage eines unscheinbaren Hauses an der Dorfstrasse, in dessen Erdgeschoss das kleine Lebensmittelgeschäft untergebracht war. «Natürlich sind Sie wegen Martin hier», sagte sie, nachdem sich der Kommissar vorgestellt hatte. «Bitte treten Sie ein und nehmen Sie hier am Esstisch Platz.»

«Danke. Oh, da ist ja noch jemand.»

Der schwarze Labrador kam schwerfällig herzu getrottet, schaute den Besucher treuherzig an und liess sich sofort hinter den Ohren kraulen.

«Ist das ein braver Hund!», lobte Bruno Widmer.

«Ja, Labrador sind eben die klassischen gutmütigen Familienhunde», betonte seine Herrin, «und er ist ja auch mit seinen dreizehn Jahren schon ein richtiger Greis, nicht wahr, Leo? Seit ich Witwe bin, ist er mein treuester Begleiter. Hoffentlich sind ihm wenigstens noch ein, zwei gesunde Jahre vergönnt!»

Barbara Lüthi, eine ziemlich kleingewachsene, stämmige Frau mit kurzen grauen Haaren, setzte sich ebenfalls.

Der Kommissar hatte sie aufmerksam beobachtet. Eine resignierte, verbitterte ältere Frau, war sein erster Eindruck. Was sie wohl Schlimmes erlebt hatte?

«Ja, der arme Martin», begann sie von selbst zu sprechen, «viel zu früh hat er uns verlassen! Und warum musste er auf so furchtbare Weise enden? Das hat er doch nicht verdient!»

«Hatten Sie denn ein enges Verhältnis zu Ihrem älteren Bruder?»

«Nun, was heisst eng? Im Dorf sieht man sich natürlich häufig, aber wenn Sie gegenseitige Besuche oder gemeinsame Aktivitäten meinen… Nein, das gab es kaum. Jeder hatte sein eigenes Leben, und wir drei Geschwister sind ja charakterlich auch ganz verschieden. Trotzdem, ich bin sehr traurig… Wer kann so etwas getan haben? Und weshalb nur?»

Ihre Augen waren gerötet, und alle paar Augenblicke wischte sie sich eine Träne mit einem Taschentuch weg. Der Hund hatte sich unterdessen auf ihre Füsse gekuschelt, döste vor sich hin und zuckte immer wieder mal mit einer Pfote. Ob er wohl träumte?

«Haben Sie vielleicht gestern früh auf den See hinaus geschaut? Etwas gesehen oder gehört?»

«Natürlich habe ich mich das auch schon gefragt, Herr Kommissar. Ich ging gestern, wie eigentlich jeden Morgen, gegen halb acht mit dem Hund raus und zum Seeufer hinunter. Es war sehr ruhig, wie immer am Sonntag. Einige wenige Ruderboote und Segelboote waren schon draussen, ab und zu hörte man von ferne ein Motorboot tuckern. Das leise Rauschen von der Autobahn jenseits des Sees nehme ich kaum mehr wahr.»

«Haben Sie vielleicht Martins Ruderboot bemerkt?»

«Nicht direkt, nein. Er fuhr ja, seit er pensioniert war, fast täglich hinaus, um zu fischen. Darum hätte ich das Boot wahrscheinlich aus lauter Gewohnheit gar nicht mehr bewusst wahrgenommen. Ausserdem ruderte er oft ziemlich weit auf den See hinaus. Aber in unserem kleinen Hafen war das Boot jedenfalls nicht, das wäre mir bestimmt aufgefallen.»

«Und wie würden Sie Martin als Mensch charakterisieren?»

«Waren Sie schon bei Kurt und Heidi?», kam sofort die Gegenfrage.

Der Kommissar nickte.

«Dann dürften Sie schon ein wenig Bescheid wissen. Martin war ein lieber Kerl, aber schon sehr eigenwillig, manchmal sogar stur bis zur Verbohrtheit. Er ging seinen Weg und liess sich von niemandem dreinreden.»

«War er denn schon als Kind so?»

Barbara Lüthi dachte kurz nach, und allmählich breitete sich ein stilles Lächeln auf ihrem Gesicht aus. «Nein, jedenfalls gegenüber mir als jüngerer Schwester überhaupt nicht. Martin hat mich, das Nesthäkchen der Familie, verwöhnt, mit mir gespielt, mich dies und jenes gelehrt… Nein, es war eher so, dass Kurt der Aussenseiter unter den Geschwistern war. Kurt versuchte natürlich, seinem älteren Bruder Martin nachzueifern. Und ganz bestimmt war er neidisch darauf, dass sich Martin so sehr um mich kümmerte. Ständig versuchte Kurt, mich für sich zu gewinnen, mir Gefallen zu erweisen und damit Martin auszustechen. Jedoch hatte er kaum eine Chance dazu. Aber natürlich waren das nur Kindereien. Später entwickelte ich zu beiden Brüdern ein freundschaftliches Verhältnis.»

«Wissen Sie sonst etwas über das persönliche Umfeld von Martin Fankhauser? Freunde, Kollegen, Vereine? Wer hat ihn denn wirklich gut gekannt?»

«Eine interessante Frage stellen Sie da. Viele Freunde hatte er bestimmt nicht. Gibt es überhaupt jemanden, der ihn wirklich gut gekannt hat? Vielleicht seine alle paar Jahre wechselnden Frauen? Aber auch da bin ich mir nicht sicher. Hat er einem Verein angehört? Jedenfalls nicht hier im Dorf. Ach ja: Er hat mal erwähnt, er sei bei den Sportschützen in Thun engagiert. Am besten fragen Sie mal dort nach.»

«Das werde ich gerne tun», erwiderte der Kommissar. «Jetzt noch eine andere Frage. Wo hat Martin Fankhauser früher gearbeitet?»

«In Thun, als Mechaniker auf dem Waffenplatz. Er ist gleich nach seiner Lehrzeit dort eingetreten und hat nie die Stelle gewechselt. Während mehr als vierzig Jahren, stellen Sie sich das mal vor!»

«Erstaunlich. Aber trotzdem: Ist vielleicht an seinem Arbeitsplatz etwas Spezielles passiert, was mit dem Verbrechen in Zusammenhang stehen könnte?»

«Ich habe nichts dergleichen gehört. Soweit ich weiss, war man zufrieden mit seiner Arbeit. Aber als er 62 wurde, da hiess es, jetzt sei Schluss, sie hätten keine Arbeit mehr für ihn. Dass er in die Frühpension geschickt wurde, hat ihn schon persönlich gekränkt, auch wenn das Finanzielle, wie er mir gesagt hat, vernünftig geregelt war. Aber er hat ja bald darauf neue Beschäftigungen gefunden: Das Angeln, sein Motorrad und den Kampf um die Sonnenrain-Wiese.»

«Ja, vom Sonnenrain habe ich schon gehört. Könnte dies etwa mit seinem Tod in Zusammenhang stehen?»

«Oh! Daran denken Sie? Natürlich hatten der Gemeinderat, der Bauunternehmer und der Landbesitzer keine Freude an seinen Einsprachen, die den Landverkauf und das luxuriöse Bauprojekt verzögerten und verteuerten. Aber jemanden deswegen umbringen…?»

«Sie sind Witwe, haben Sie erwähnt?»

«Ja, seit vier Jahren. Aber meine Tochter Monika kommt oft zu Besuch. Sie arbeitet als Hotelassistentin im Niesenblick, etwas ausserhalb des Dorfes.»

Bruno Widmer nickte. «Sie haben Martin Fankhausers wechselnde Geliebte erwähnt. Was können Sie mir dazu mitteilen?»

«Ehm… was soll ich dazu sagen…»

«Vielleicht erzählen Sie von Anna Ramseier?»

«Oh! Sie wissen schon alles?»

«Na ja, nicht alles, aber einiges…»

Barbara Lüthi war aufgestanden, hielt sich am breiten Fenstersims fest und schaute hinaus. «Ja, das war allgemein bekannt. Seit ein paar Jahren ging er mit Anna Ramseier, der Frau des Gemeindepräsidenten. Was der wohl dazu gesagt hat? Ich habe keine Ahnung. Wobei… Den Peter Ramseier würde ich auch nicht unbedingt als treuen Ehemann einschätzen… Und vorher… Nun… da gab es die schöne Sabina Alessi aus Thun…»

«Kannten Sie diese Frau?»

«Eigentlich nur vom Sehen», antwortete Barbara Lüthi, «Sabina war ja… Sie war, ehm, früher im Milieu tätig gewesen…»

«Also eine Prostituierte?»

«Ja. Soweit ich weiss, hatte Martin sie da herausgeholt. Sie war bestimmt zwanzig Jahre jünger als er, hübsch und attraktiv.»

«Und wissen Sie auch, warum diese Beziehung zu Ende gegangen ist?»

Barbara Lüthi fuhr sich durch die Haare. «Das war eine unglückliche Geschichte. Anscheinend hat sich Martin da verrannt. Oder hat sich Sabina aus einem anderen Grund rächen wollen?

Ich weiss es nicht. Jedenfalls hat sie ihn wegen Gewalttätigkeit angezeigt.»

«Trauen Sie ihm denn zu, gewalttätig zu werden?»

«Eigentlich nicht. Jedenfalls hätte es mich sehr überrascht. Aber wie auch immer, die Beziehung war damit natürlich beendet.»

«Halten Sie es für möglich, dass sich diese Sabina an Martin gerächt haben könnte?»

«Indem sie ihn umbrachte? Das kann ich unmöglich beantworten. Ich habe sie ja kaum gekannt.»

Bruno Widmer verabschiedete sich und ging, in Gedanken versunken, in Richtung des Hauses von Martin Fankhauser. Es ist schon auffällig, dachte er, wie wenig die Geschwister voneinander wissen, obwohl sie das ganze Leben lang im selben Dorf gewohnt haben. Lag des Rätsels Lösung vielleicht an Fankhausers Arbeitsplatz? Offenbar hatte man ihn gegen seinen Willen vorzeitig in Pension geschickt. War dort etwas faul gewesen? Bruno beschloss, sobald wie möglich in Thun bei diesen Sportschützen sowie auf dem Waffenplatz zu recherchieren. Zuerst aber wollte er jetzt Fankhausers Haus untersuchen.

Unterdessen stand Barbara Lüthi noch eine Weile am offenen Fenster, schaute dem Kommissar nach und machte sich Gedanken. Hätte sie doch etwas erwähnen sollen von Martins Verfehlung an seinem Arbeitsplatz? Hing das vielleicht sogar mit dem Mord zusammen? Ach was, sagte sie sich, wenn es wichtig ist, wird die Polizei es sowieso bald herausfinden. Sie ging zurück ins Wohnzimmer, seufzte tief und schenkte sich einen doppelten Gin ein.

Da klingelte das Telefon, und sie nahm ab. «Ach, du bist es, Kurt, grüss dich ... Ja, natürlich war die Polizei auch bei mir ... Was willst du wissen, wozu etwas gesagt? ... Zum Elternhaus? Nein, absolut nichts. Was geht die das an? ... Ja, da hast du auch wieder recht, wir können es nicht verstecken, irgendjemand wird es erwähnen … Druck auf Martin ausgeübt? Haben wir das? … Gut, da sind wir uns einig. Wir haben absolut nichts unternommen. … Übrigens: Gut, dass ihr auch die Anna erwähnt habt. Es wissen sowieso alle Bescheid. … Ja, hoffen wir, dass die Polizei uns jetzt in Ruhe lässt. Die sollen den Täter finden, statt uns brave Bürger zu belästigen! … Danke, dir auch einen guten Tag, und grüss Heidi von mir.»

Das Haus, in dem Martin Fankhauser gewohnt hatte, war ganz aus Holz erbaut und sah von aussen erstaunlich klein aus dafür, dass früher eine fünfköpfige Familie, Eltern und drei Kinder, darin gewohnt hatte. Eher wie ein Ferienhaus, ging es Bruno Widmer durch den Kopf. Aber natürlich konnten sich nicht alle Familien ein grosses Haus leisten, dachte er. Auch der Umschwung war bescheiden, vielleicht fünfhundert Quadratmeter, aber er war gut gepflegt. Offensichtlich hatte dieser Fankhauser einen grünen Daumen gehabt. Gegen die Dorfseite hin, also gegen Norden, begrenzte eine dichte, mannshohe Hecke aus Liguster, Kornelkirsche und Eibe das Grundstück. Die Grenzen zu den westlich und östlich gelegenen Nachbargrundstücken waren, leicht abfallend, durch zwei Reihen von Johannisbeersträuchern markiert. Die roten Beeren wären jetzt genau reif zum Pflücken, dachte Bruno und kostete davon. Eine kleine Spur zu sauer waren sie noch. Gegen Süden, zum See hin, standen drei alte Apfelbäume. Ihre Stämme waren rissig und voller Löcher, die Äste brüchig, und die sich entwickelnden Äpfelchen zwar zahlreich, aber noch sehr klein. Der Garten selbst bestand aus einer kleinen Rasenfläche und vier langen Gemüsebeeten. In dreien davon reihten sich Salate, Fenchel, Lauch, Zwiebeln, Mangold, Grünkohl und Sellerie aneinander. Im letzten Beet kletterten Buschbohnen, Erbsen und Gurken an gespannten Schnüren hoch. Ob wohl das schöne Gemüse noch je geerntet wird, fragte sich Bruno. Aber bestimmt wird diese Anna oder eines der Geschwister die Ernte nicht verfaulen lassen…

Tatsächlich passte der Schlüssel, den sie beim Toten gefunden hatten, und Bruno konnte sich frei im Haus bewegen. Aus den Charakterisierungen, die Martins Geschwister geäussert hatten, erwartete er ein mehr oder weniger grosses Durcheinander im Haus. Aber da hatte er ganz falsch getippt. Das Haus war sauber, und alles war ordentlich aufgeräumt. Auch deutete nichts darauf hin, dass der Bewohner mit einem baldigen Ableben gerechnet hatte. Offenbar war Martin am Sonntag gleich nach dem Frühstück zu seiner Angeltour aufgebrochen. Einem sehr zeitigen Frühstück, kam es Bruno in den Sinn, schliesslich war er noch vor acht Uhr auf dem See getötet worden. In der Küche stand das Geschirr im Abtropfbecken, die Kaffeemaschine war noch eingeschaltet, der angeschnittene Sonntagszopf stand mit abgedeckter Schnittfläche auf einem Schneidebrett, und das danebenstehende Honigglas war verschlossen.

Im Wohnzimmer stand ein grosser, rechteckiger Tisch aus Nussbaumholz mit sechs einfachen Holzstühlen. Offenbar war es früher der Familientisch gewesen. Auf welchem Stuhl war wohl Fankhauser am häufigsten gesessen? Bruno verglich die Stühle. Aha, der mittlere Stuhl auf der Seite mit Seesicht wies eindeutig die meisten Verschleissspuren auf. Nun, für die Ermittlungen war dieses Detail natürlich belanglos. Vor der Fensterfront standen fünf mächtige Töpfe mit Zimmerpflanzen. Wer würde diese unschuldigen Pflanzen in Zukunft giessen, schoss es Bruno durch den Kopf. Nein, das ist nicht mein Problem, sagte er sich und drehte sich um. Die ganze hintere Wand wurde von einem bis zur Decke reichenden Büchergestell eingenommen. Bruno überflog die sauber nach Themen geordneten Reihen der Bücher. Fankhauser war offensichtlich vielseitig interessiert gewesen. Technik, Architektur, Raumfahrt, Alpinismus, Motorräder, Fischerei, Kunst, Geschichte, Tiere und Pflanzen, zu jedem Thema gab es mehrere Bände. Es waren ausschliesslich Sachbücher, die Belletristik fehlte komplett.

Bruno schlenderte weiter ins nächste Zimmer, das nach Westen ging. Dort gab es einen in die Jahre gekommenen Computer, ein breites Gestell voller Aktenordner, ein altes Ledersofa und einen Fernseher, auch nicht mehr das neuste Modell. Es war schon auffällig, dass Fankhauser keinerlei Einrichtungsgegenstände neueren Datums besass. Musste er sparen, oder war er einfach zufrieden mit den alten Stücken? Bruno packte den Computer ein und begann, wenn auch nur oberflächlich, die vielen Aktenordner durchzublättern. Am Ende verstaute er vier davon in einer Plastiktasche und machte sich dann daran, den Rest des Haues zu inspizieren. Es gab drei Schlafzimmer, von denen zwei beinahe leer waren. Im dritten standen ein breites Bett, eine altertümliche Kommode und ein riesiger Kleiderschrank. Bruno schaute sich um und stutzte. Gab es wirklich keine Spuren einer Frau? Von dieser Anna Ramseier? Vielleicht im Bad? Aha! Tatsächlich standen auf der Ablage diverse Schönheitsprodukte herum, und im Wäschekorb lag ein Damenslip. Bruno packte einige weitere Gegenstände ein, um sie untersuchen zu lassen, und machte sich dann im Auto auf den Weg nach Thun, um bei diesem Schützenclub sowie auf dem Waffenplatz vorzusprechen.

Unterwegs kamen ihm immer wieder die Boote vor Augen. Das Ruderboot, in dem der Mann erschossen wurde. Und das zweite Boot, von dem aus jemand gefeuert hatte. War es wohl ein Ruder-, ein Motor- oder ein Segelboot gewesen? Dieses Boot mussten sie finden, hier lag der Schlüssel zur Lösung des Falles! Aber wo anfangen? Es gab viele Hundert Boote auf dem Thunersee, die konnte man nicht alle untersuchen. Oder war es vielleicht gar kein richtiges Boot gewesen? Bloss ein Surfbrett oder ein kleines Gummiboot? Dagegen sprach, dass der Mord weit draussen auf dem See und fast bei Windstille passiert war. Mit einem Surfbrett oder Gummiboot hätte man kaum rasch genug die Flucht ergreifen können. Oder waren sie komplett auf dem Holzweg mit der Hypothese eines zweiten Bootes? Aber Bruno vermochte sich nicht vorzustellen, wie das Verbrechen sonst abgelaufen sein könnte. Er beschloss, bei der Suche nach dem unbekannten Boot zunächst zwei Fragen nachzugehen. Erstens: War ein Boot als gestohlen gemeldet? Das war sehr einfach herauszufinden. Zweitens: War ein Boot von jemandem gemietet worden, der nicht zu den üblichen Mietern gehörte? Auch das liess sich herausfinden, auch wenn es wahrscheinlich auf dem Thunersee ein paar Dutzend Bootsvermietungen gab. Aber aufgepasst, sagte sich Bruno. Die Suche musste auch auf den Brienzersee ausgedehnt werden, schliesslich waren die beiden Seen durch einen schiffbaren Kanal miteinander verbunden. Und wenn alle diese Abklärungen erfolglos blieben? Ja, dann würde es echt schwierig werden!

Bruno Widmer ging erst vom Gas, als er das Ortsschild von Thun bereits passiert hatte.

Marcel Fankhauser fühlte sich nervös. Er hatte zwar schon Tausende von Schulstunden geleitet, aber eine Situation wie diese hatte er noch nie vor sich gehabt. Gestern Abend hatte er lange überlegt. Ein Mord in ihrem kleinen Dorf, das würde auch bei den Schülerinnen und Schülern in kürzester Zeit zum Gesprächsstoff Nummer Eins werden. Sein Onkel Martin, der Bruder seines Vaters Kurt, war ermordet worden. Sollte er es im Unterricht einfach ignorieren und das Thema Pausenstoff sein lassen? Oder sollte er es im Gegenteil offen ansprechen und mit den Schülern darüber diskutieren? Richtlinien dafür gab es keine. Die kleine Volksschule in Oberwil bestand aus nur drei Klassen, die jeweils zwei Jahrgänge umfassten, und sie hatte keine eigene Schulleitung, von der man Unterstützung erwarten könnte.

Marcel Fankhauser unterrichtete zurzeit die obere Stufe, also die Klassen fünf und sechs. Er hatte sich schliesslich entschieden, das Thema Mord mit seinen Elf- bis Zwölfjährigen unverblümt anzusprechen. Er war selber sehr gespannt, wie die Kinder darauf reagieren würden. Aber eigentlich zweifelte er keinen

Moment daran, dass es, in dieser letzten Woche vor den langen Sommerferien, eine lebhafte und offene Diskussion geben würde.

Zu Beginn der ersten Nachmittagslektion klopfte Marcel Fankhauser solange mit einem Holzstab auf sein Lehrerpult, bis die ganze Klasse ruhig war.

«Liebe Kinder», begann er, «ihr habt es bestimmt auch erfahren. Gestern früh wurde Martin Fankhauser, ein Mann aus unserem Dorf, auf dem See draussen in seinem Ruderboot erschossen. Ihr habt Martin sicher gekannt, zumindest vom Sehen. Er war der Bruder meines Vaters, also ein Onkel von mir.»

Ein Raunen ging durch die Klasse.

«Ein solches schlimmes Ereignis ist bei uns seit vielen Jahren nicht mehr passiert. Verbrechen geschehen doch anderswo, haben wir alle gedacht. Nicht hier bei uns jedenfalls. Vielleicht in New York, in London, in Paris. Oder dann in Bern, in Thun, in Interlaken. Oder im Fernsehen! Ich nehme an, die meisten von euch schauen ab und zu am Bildschirm einen Krimi. Oder?»

Fast alle Arme gingen in die Höhe.

«Gut, dann wisst ihr also grundsätzlich, was ein Mord ist. Aber wisst ihr es wirklich? Wie das ist, wenn jemand, den man persönlich kennt und immer wieder auf der Strasse trifft, ermordet wird? Ist das nicht ganz etwas anderes, als wenn man nur im Fernsehen sieht, wie jemand umgebracht wird? Stellt euch mal vor, einer eurer Freunde würde getötet! Wärt ihr da nicht grenzenlos traurig und wütend? Natürlich wärt ihr das!»

Zustimmendes Gemurmel erfüllte das Schulzimmer.

«Dachte ich es mir doch! Und dann, nach dem ersten Schreck, fangt ihr an zu überlegen. Wer könnte diesen Menschen getötet haben? Und vor allem, warum? Was könnte es überhaupt für ein Motiv geben, jemanden umzubringen? Kann sich jemand etwas dazu vorstellen?»

Dario, wie immer der mutigste der Klasse, streckte ungeduldig seinen Arm in die Höhe.

«Ja, Dario?»

«Vielleicht war der Mörder wütend auf Fankhauser, weil er ihm etwas zuleide getan hatte?»

«Eine gute Idee. Aber denk mal nach, Dario. Bestimmt hat dich schon mal ein Kollege so richtig geärgert, und du bist zornig geworden? Hättest ihm am liebsten eine runtergehauen?»

«Aber sicher, Herr Fankhauser.»

«Vielleicht hast du ihm sogar eine runtergehauen! Aber jetzt stell dir mal vor, du hättest ihn wirklich getötet. Das wäre doch etwas vollkommen anderes, etwas Endgültiges, etwas, das du gar nie mehr rückgängig machen könntest. Dein ganzes weiteres Leben müsstest du daran denken, dass du ein anderes Leben ausgelöscht hast, ohne die Chance zu haben, dich bei dem Opfer zu entschuldigen. Kannst du dir das vorstellen?»

«Nein, das wäre gar nicht gut», antwortete Dario nachdenklich.

«Ja, Selina?»

Das grossgewachsene Mädchen mit den blonden Zöpfen hatte sich gemeldet. «Ich wüsste vielleicht ein Motiv.» Alle Köpfe drehten sich zu Selina um. Diese wurde ein klein wenig rot. «Ehm… Diese neuen Häuser am Sonnenrain… Meine Mutter hat doch auch protestiert dagegen…»

«Und deswegen sollte man Fankhauser umgebracht haben, weil er diese Häuser verhindern will und Einsprachen dagegen gemacht hat?», fragte der Lehrer.

Selina dachte kurz nach. «Es geht doch um viel Geld… und Geld ist immer ein Motiv.»

«Da hast du vollkommen recht, Selina. Geld spielt sehr oft eine wichtige Rolle bei Verbrechen. Das Baugeschäft und die Gemeinde würden viel Geld verlieren, wenn die Überbauung nicht zustande käme. Aber, fragt euch jetzt mal, ist das wirklich ein Grund, jemanden zu töten?»

Einige Kinder schüttelten den Kopf, andere aber nickten eifrig.

«Diese Frage ist offenbar umstritten», registrierte der Lehrer. «Ihr seht, es ist nicht so einfach, ein überzeugendes Motiv für einen Mord zu finden. Ja, Kevin, hast du noch eine Idee?»

«Könnte es vielleicht um eine Erbschaft gegangen sein?», schlug der kleine Blondschopf vor.

«Ein interessanter Gedanke. Aber wer wird denn überhaupt Fankhausers Geld erben?»

«Seine Kinder», antwortete Kevin selbstbewusst.

Der Lehrer lächelte. «Ja, im Prinzip schon. Aber Martin Fankhauser hat gar keine Kinder.»

Kevin gab nicht auf. «Oh, das wusste ich nicht. Dann vielleicht… seine Geschwister?»

«Sehr gut. Sein Bruder und seine Schwester, also seine nächsten Verwandten, werden je die Hälfte des Erbes bekommen, sofern kein anderslautendes Testament vorhanden ist. Nur: Haltet ihr es für möglich, dass jemand seinen eigenen Bruder tötet, nur des Geldes wegen?»

Betretenes Schweigen in der Klasse. Da meldete sich Dario nochmals. «Ich bin aber sicher, dass dies vorkommt.»

«Da hast du völlig recht. Es kann vorkommen, ist aber bestimmt selten. Auf jeden Fall arbeitet unsere Kriminalpolizei daran, den Mord aufzuklären, und ich hoffe sehr, dass es ihr gelingt. Und jetzt verlassen wir dieses blutrünstige Thema und wenden uns einem bedeutend trockeneren zu, nämlich der Mathematik. Schlagt bitte die Seite 157 im Lehrbuch auf.»

Ein Murren ging durch die Klasse, aber schlussendlich gehorchten alle ihrem Lehrer und begannen, mit mehr oder weniger Enthusiasmus, die Rechenaufgaben in Angriff zu nehmen.

Bruno Widmer hatte Glück. Samuel Alder, Präsident der Sportschützen Thun, war zuhause. Eine imposante Erscheinung, stellte der Kommissar fest. Zwar bestimmt schon um die Siebzig, aber von kräftiger Statur, mit erhobenem Haupt und durchdringendem Blick.

«Was sagen Sie da? Martin Fankhauser wurde ermordet? Ich kann es nicht glauben!»

«Leider ist es so. Und ich möchte gerne herausfinden, warum und von wem.»

«Selbstverständlich müssen Sie das.» Samuel Alder strich sich mehrmals durch die Haare. «Wissen Sie, das kommt jetzt ganz überraschend für mich. Natürlich habe auch ich von dem ermordeten Mann auf dem See gehört, aber dass dies unser Martin ist… Oh je, wie schrecklich! Weshalb nur sollte jemand Martin umbringen? Natürlich war er nicht bei allen beliebt. Aber ein Mord? Also was ich Ihnen versichern kann: Unser Verein hat damit ganz bestimmt nichts zu tun.»

Der Kommissar ging nicht darauf ein. «Wie haben Sie denn Martin Fankhauser als Menschen erlebt?»

Alder runzelte die Stirn und rieb sich, auffallend nervös geworden, die Hände. Hatte er etwas zu verbergen? «In der Tat hatte Martin mehrere Facetten», sagte er schliesslich. «Einerseits war er ein mustergültiges Mitglied bei uns im Verein. Seit mehr als zwanzig Jahren kam er absolut regelmässig zum Training und wies fast immer gute Ergebnisse beim Schiessen auf. Andererseits…»

«Andererseits?»

«Irgendwie war Martin undurchsichtig. Zwar war er diszipliniert im Training wie kaum ein anderer, man könnte auch sagen verbissen. Aber der gesellige Teil des Vereinslebens, der doch immer dazugehört, hat ihn kaum interessiert. Er war eben ein Einzelgänger. Und er reagierte sehr empfindlich auf Kritik.»

«Wurde er denn öfters kritisiert?»

«Sicher nicht mehr als jeder andere auch, und dies, wie es bei uns der Brauch ist, immer in sehr freundschaftlichem Rahmen. Aber Martin reagierte schon sehr empfindlich auf die Sticheleien, wie sie in einem Männerclub wie dem unseren eben vorkommen.»

«Gab es deswegen ernsthaften Streit mit den Vereinskollegen?»

«Nein, Streit gab es ganz sicher nicht. Aber… Wie soll ich das jetzt ausdrücken? Überaus beliebt war Martin jedenfalls nicht. Er ging seinen Weg, wollte am liebsten in Ruhe gelassen werden. Er zeigte sich wenig hilfsbereit, wenn es etwas anzupacken galt im Vereinsleben, etwa bei der Vorbereitung eines Festes. So ein Verhalten macht einem jedenfalls keine Freunde.»

«Aber provoziert, beleidigt, angegriffen oder in die Enge getrieben hat er auch niemanden?»

«Nein, das auf keinen Fall. Also wie schon gesagt, aus dem Kreise der Vereinskollegen sehe ich nicht das kleinste Motiv für ein Tötungsdelikt.»

Dem Kommissar fiel plötzlich etwas ein. «Aber vielleicht von einer anderen Seite? Hatte er eventuell in seinem Beruf Schwierigkeiten?»

Samuel Alder blickte zur Seite und dachte eine Weile nach. «Also… Genaues weiss ich nicht, und ich will Ihnen keinesfalls falsche Gerüchte auftischen. Aber… Man hat da schon gemunkelt… Es hiess, Fankhauser habe an seinem Arbeitsort, auf dem Waffenplatz Thun, Material gestohlen und privat weiterverkauft. Aber behaften Sie mich nicht auf dieser Aussage, ich kann nicht beurteilen, ob das so stimmt.»

«Kein Problem», beschwichtigte der Kommissar, «ich betrachte Ihre Aussage einfach als einen Hinweis, dem ich nachgehen werde. Und besten Dank für das Gespräch, Herr Alder.»

Sehr zufrieden ging Bruno Widmer zurück zu seinem Dienstwagen. Wenn Alders Vermutung stimmte, dann wären sie einen grossen Schritt weiter! Er rief auf dem Waffenplatz an, um sich anzumelden. Nur der Personalchef, Major Huser, sei befugt, der Polizei derartige Auskünfte zu erteilen, hiess es, und leider sei Huser erst morgen um vierzehn Uhr wieder zu sprechen. Mist, brummte Bruno vor sich hin, muss ich mich eben noch einen ganzen Tag lang gedulden!

«Verzeihung, ist es erlaubt, meine Dame?»

Silvia von Fellenberg schlug die Augen auf und hob den Kopf. Sie war, auf der bequemen Bank unter einer Trauerweide am Seeufer sitzend, eingenickt, aber jetzt war sie auf einmal wieder hellwach. Wer stand denn da vor ihr und fragte sie mit einer angenehmen, tiefen Stimme um Erlaubnis? Der Mann mochte um die siebzig sein, er hatte noch volle, graue Haare und schaute sie freundlich an. Er sah nicht unsympathisch aus, deshalb beschloss sie, ihn nicht von vornherein abzuweisen.

«Ehm… Ja, natürlich…», sagte sie und wies mit der Hand auf die freie Sitzfläche hin.

Der Mann machte eine kleine Verbeugung und setzte sich, in gebührendem Abstand, neben sie. «Bernhard von Graffenried», stellte er sich vor. «Ich bin zum ersten Mal im Niesenblick im Urlaub. Eine Bekannte hat mir dieses Hotel empfohlen. Ich bin gestern angekommen, und ich darf sagen, dass ich meine Wahl ganz und gar nicht bereue.»

«Silvia von Fellenberg», erwiderte sie und lächelte ihm zu. «Das überrascht mich nicht. Ich kann mir kein besseres Hotel vorstellen. Ich verbringe jeden Sommer drei oder vier Wochen hier am See. Schon als mein Mann noch lebte, kamen wir regelmässig ins Niesenblick.»

«Oh, ein klassischer Stammgast sind Sie also. Ich bewundere das sehr, wenn jemand einem schönen Ort die Treue halten kann. Ich selber darf mich damit nicht rühmen. Seit ich Witwer bin, und das sind doch jetzt schon neun Jahre, fahre ich unruhig von einem Ort zum nächsten…»

Bernhard von Graffenried verstummte und liess seinen Blick über den See schweifen. «… ein wenig zigeunerhaft wohl», fuhr er schliesslich fort.

«Ich kann das sehr gut verstehen», kam ihm Silvia von Fellenberg zu Hilfe. «Die unendliche Lücke, die bleibt, wenn die grosse Liebe gestorben ist, die Lücke, die zu schliessen man sich sehnt und doch genau weiss, dass man es nicht schafft. Mir persönlich hat es immer am besten getan, mich an vertraute Orte zu halten…» Ein feines Lächeln erschien auf ihrem Gesicht. «… oder, vielleicht ehrlicher gesagt, mich an solche Orte zu klammern.»

«Daran ist doch nichts Negatives, liebe Frau von Fellenberg. Jeder und jede muss schliesslich den eigenen Weg finden, um mit so einem Verlust umzugehen. Wie lange sind Sie denn schon verwitwet?»

«Oh, erst vier Jahre. Aber es kommt mir schon viel länger vor.» Sie schaute versonnen auf den See. «Bernhard von Graffenried, sagten Sie. Sind Sie etwa gar verwandt mit Albert aus dem schönen Städtchen Aarberg?»

Seine Miene hellte sich schlagartig auf. «Aber sicher! Albert ist mein älterer Bruder. Und, wie ich zugeben muss, auch mein geschäftlich erfolgreicherer Bruder. Sie kennen ihn?»

«Sogar ziemlich gut. Werner, mein verstorbener Mann, kannte Albert noch vom Studium her, und er hat ihn regelmässig zum Abendessen zu uns nachhause eingeladen.»

«Ist das schön, was für ein Zufall, dass wir uns hier treffen! Einmal mehr zeigt es sich, wie klein doch die Welt ist, und erst recht die Schweiz… Dann war Ihr Mann also auch Anwalt?»

«Ja, und, wie soll ich sagen, ein nicht gerade erfolgloser…» Silvia von Fellenberg zog ein Taschentuch hervor und wischte sich eine Träne ab.

«Oh, Verzeihung», sagte er erschrocken, «ich wollte Sie nicht erinnern…»

«Ist schon gut», lächelte sie ihm aufmunternd zu. Wie wohl es ihr doch tat, mit jemandem so offen sprechen zu können!

«Wie geht es denn Albert?», fragte sie jetzt. «Leider habe ich nach dem Tod meines Mannes den Kontakt zu ihm verloren. An der Beerdigung haben wir uns zum letzten Mal getroffen. Eigentlich vermisse ich ihn ein wenig, wir hatten so manches anregende Gespräch miteinander.»

Bernhard von Graffenried zuckte mit den Schultern. «Ach, auch er ist älter geworden und hat zunehmend Schmerzen beim

Gehen. Wahrscheinlich wird er bald ein neues Hüftgelenk brauchen. Das Golfen jedenfalls hat er leider aufgeben müssen. Zudem leidet er, seit er seine Kanzlei verkauft hat, immer wieder an depressiven Verstimmungen.»

«Das tut mir leid! Ich lasse Albert ganz herzlich von mir grüssen und ihm alles Gute wünschen!»

«Natürlich, das werde ich gerne ausrichten.»

Eine ganze Weile hingen beide nur ihren Gedanken nach, hatten die Augen geschlossen und liessen die friedliche Stimmung auf sich wirken.

Schliesslich sah sie ihn von der Seite her an. «Dann sind Sie selber wohl nicht Jurist?»

Von Graffenried brach unvermittelt in Lachen aus. «Aber nein! Sieht man mir das nicht an? Ich habe mich mehr den sogenannt schönen, wenn auch brotlosen Künsten zugewandt. Was habe ich nicht schon alles ausprobiert: Kunstkritiker, Kunstsammler, Maler, Bildhauer…»

«Aber warum auch nicht? *Mussten* Sie denn geschäftlich erfolgreich sein, falls ich so indiskret fragen darf?»

«Kein Problem. Nun, es ist schon so: Als Spross der ehemaligen und zum Glück nie verarmten Adelsfamilie von Graffenried kann man es sich im Prinzip leisten, nur seinen Hobbies nachzugehen. Aber psychologisch gesehen ist das vielleicht nicht der beste Weg.»

«Ja, das verstehe ich gut. Das Selbstwertgefühl muss man immer stärken, indem man sich Ziele setzt und sie realisiert. Auch ich habe mich nie bloss als Anhängsel meines erfolgreichen Mannes gesehen und immer meine persönlichen Projekte verfolgt.»

«Das finde ich sehr gut, wenn eine Frau auch ihre eigenen Interessen wahrt», sagte von Graffenried und erhob sich von der Bank. «Sie verzeihen mir, wenn ich Sie jetzt verlasse? Ich muss mich vor dem Essen noch ein wenig aufs Ohr legen. Es hat mich sehr gefreut, Sie kennenzulernen.»

«Mich auch! Und übrigens… Ich sitze jeden Tag vor dem Abendessen ein Stündchen hier am See…»

Nachdem ihr Bruno Widmer die bisherigen Erkenntnisse kurz rapportiert hatte, fuhr Veronika Steiger den Computer herunter, verliess ihr Büro und ging zu Fuss bis zur Bushaltestelle. Sie war gar nicht zufrieden. Sie fühlte sich, als laufe ihr sowohl das berufliche wie das private Leben zunehmend aus dem Ruder. Alle Ermittlungen, die ihr der Kripochef in den vergangenen Monaten zugeschanzt hatte, waren nur schleppend vorangekommen, überhaupt nicht so, wie sie es sich vorgenommen hatte. Veronika wusste sehr wohl, dass sie intelligent war, und dass sie zielstrebig und effizient arbeiten konnte. Aber bei jeder dieser Ermittlungen war irgendwo der Wurm drin gewesen, hatten sich unerwartete Hindernisse gezeigt, die ihre Effizienz lahmgelegt hatten. Es waren immer äussere, kaum vorhersehbare Umstände gewesen, die gegen sie gearbeitet hatten, gegen die all ihre Erfahrung und Zielstrebigkeit nicht angekommen waren. Damit konnte sie nur schwer umgehen. Zwar hatte sie schliesslich alle Fälle erfolgreich abschliessen können, aber ihr Ehrgeiz war nie wirklich befriedigt worden. Veronika brannte richtiggehend darauf, endlich einmal einen heissen Fall in perfekter Manier zur Aufklärung zu bringen! Vielleicht würde sich dieser neue Mordfall so entwickeln?

Warum bin ich eigentlich zurzeit so ehrgeizig im Beruf, fragte sie sich beim Warten auf den Bus, der sie zu ihrer Wohnung im Zentrum von Köniz fahren würde. Hoffe ich etwa auf Kompensation meiner privaten Probleme? Ja, ganz bestimmt ist das so!

Veronikas Scheidung von Mauro lag erst ein Jahr zurück, und ihr siebzehnjähriger Sohn Luca war schmerzhaft am Abnabeln. Er schlug aus wie ein grosses Pendel: Am einen Tag zeigte er sich anhänglich wie ein Kleinkind, und am nächsten Tag gebärdete er sich, als ob ihm die Welt zu Füssen läge und er sich die Rosinen im Leben nur aussuchen könne. Veronika musste sich eingestehen, dass sie ein wenig neidisch auf ihn war. Andererseits liebte sie ihn von ganzem Herzen. Und häufig dachte sie daran, dass Luca in wenigen Jahren ausziehen und sie kaum noch brauchen würde. Und dann? Würde sie in ein tiefes Loch fallen? Oder irgendwann wieder reif sein für eine neue Partnerschaft? Und: Wollte sie das wirklich, oder hatte sie bloss Angst vor dem Alleinsein?

Jetzt aber Schluss mit Grübeln, sagte sie sich energisch, als ihr Bus vorfuhr. Morgen muss ich noch zwei andere Fälle abschliessen, aber übermorgen, da werde ich mich endlich persönlich um den Fall Fankhauser kümmern können! Und, dachte sie mit klopfendem Herzen, diesen Mordfall will und werde ich persönlich lösen!

Auch der Nachmittag war in der Hausarztpraxis ruhig und ohne Probleme abgelaufen. Fünf Patienten waren angemeldet gewesen, und dazwischen erschien als Notfall eine Mutter mit ihrem achtjährigen Sohn, der vom Rad gestürzt war und dem Daniel Aebischer eine Fleischwunde am Unterarm nähen musste. Der Junge war sehr tapfer, hielt still, vergoss keine Träne und liess nur ab und zu ein leises Stöhnen vernehmen. Die Mutter war sichtlich stolz auf ihn und lobte ihn immer wieder.

Schon kurz vor sechs Uhr war alles fertig aufgeräumt, Daniel entliess Marianne in den Feierabend und ging hinauf in seine Wohnung. Das Mittagessen bei Katharina war so üppig gewesen, dass er beschloss, sich nur noch einen gemischten Salat mit ein paar Nüssen als Abendessen zu machen.

Er setzte sich mit seiner Salatschüssel auf den zum Glück schon im Schatten liegenden Balkon und hörte während des Essens die Nachrichten aus dem Radio. Eine kleine Müdigkeit überkam ihn, und er war schon eingenickt, als er drinnen sein Telefon klingeln hörte. Er ging hinein, nahm ab und zuckte zusammen, als er Tanjas Stimme hörte. Sie wolle nur kurz nachfragen, wie es ihm gehe, und ob sein Start in der Praxis erfolgreich ausgefallen sei.

Daniel fühlte sich überrumpelt von ihrem Anruf. Musste das jetzt schon sein, gleich am ersten Tag? Er wäre beinahe unhöflich abweisend geworden, konnte sich aber noch beherrschen. Einige nichtssagende Sätze gab er von sich, alles laufe gut, die Eingewöhnung brauche noch etwas Zeit… Zum Glück insistierte Tanja nicht weiter. Sie betonte lediglich, auch ihr gehe es bestens, und wünschte ihm noch eine gute Nacht.

Daniel blieb mit klopfendem Herzen neben dem Telefon sitzen. Warum hatte er sich gegenüber Tanja so missmutig und abweisend gezeigt? Aber…Lag es denn an *ihm*? Weshalb musste sie schon jetzt wieder anrufen? Er hätte sich viel lieber ein paar Tage Abstand gewünscht. Sie hatten doch gemeinsam ein *Time Out* vereinbart, konnte sie sich denn nicht daran halten? Ein Neuanfang ist doch wirklich nicht so einfach, sagte er sich. Er fühlte sich hin und her gerissen. Er merkte, dass er jetzt Abstand brauchte, dass er sich in der neuen Umgebung zuerst etablieren musste, bevor er die Fäden zu seinem früheren Umfeld wieder aufnehmen konnte. Aber jetzt, nach diesem Telefon, war ihm doch wieder zwiespältig zumute. Tanjas vertraute Stimme hatte Gefühle in ihm geweckt. Erinnerungen waren hochgekommen… Sie hatten so Vieles gemeinsam, so viele schöne Erlebnisse geteilt… War es ihm wirklich Ernst mit der Trennung? Widersprüchliche Gefühle überfluteten ihn… Einerseits sehnte er sich nach Tanjas Lächeln, nach ihrer Umarmung, nach ihren Küssen, nach… Andererseits… diese Marianne ging ihm auch nicht aus dem Sinn…

«Brigitte! Endlich hat es mal wieder geklappt!» Laura Ramseier umarmte ihre beste Freundin Brigitte Hauser stürmisch. «Komm, gehen wir rein, ich habe dir viel zu erzählen!»

Die beiden Frauen betraten die in der Altstadt von Thun gelegene Pizzeria und setzten sich an den reservierten Tisch.

«Toll siehst du heute wieder aus!», lobte Laura ihre Freundin. Brigitte trug eine hellblaue Bluse, enganliegende Bluejeans und hochhackige schwarze Schuhe. Nur ihre Schminke war, wie

Laura fand, wie meistens bei ihr zu plump aufgetragen, übertrieben, allzu grell.

«Na ja, es ist nichts Neues dabei», wiegelte Brigitte ab, «aber auch dein Outfit gefällt mir sehr! Und du bist wie immer so gekonnt geschminkt! Ich kriege das einfach nie hin.»

«Danke für die Blümchen», erwiderte Laura, «nun… ich könnte dir das richtige Schminken schon beibringen…»

«Ja bitte!», bettelte Brigitte, «machen wir mal einen Termin aus?»

«Ja, klar!»

«Danke! Aber sag mal, Laura, hat es wirklich gestern einen Mord gegeben bei euch in Oberwil?»

«Ja, unglaublich, nicht wahr! Wenn es nicht so traurig wäre, könnte man beinahe sagen, endlich ist mal etwas los in diesem Kaff… Die Polizei schnüffelt überall herum, ich bin ja gespannt, wer es getan hat.»

«Glaubst du, es war jemand aus dem Dorf?»

«Wahrscheinlich schon. Der Martin Fankhauser, das Opfer, war ja als Querschläger bekannt und hatte auch immer wieder Affären… Jedenfalls hatte er bestimmt mehr Feinde als Freunde.»

«Affären? Aber nicht etwa…»

«Spinnst du jetzt komplett, Brigitte? Ich mit dem?» Laura tippte sich mit dem Zeigefinger an die Stirn. «Also *jedem* Mann werfe ich mich nicht vor die Füsse!»

«Sorry, das war nicht so gemeint, Laura. Wie alt war er denn?»

«So um die 65.»

«Na dann!»

«Aber sonst war Fankhauser durchaus okay. Einer, der unbeirrt seinen eigenen Weg ging. Ein gar nicht unsympathischer Typ. Nein, er hat bestimmt nicht so einen Tod verdient.»

«Aber… du weinst ja, Laura! Oh, das tut mir jetzt echt leid!»

Laura schluchzte heftig auf. «Es ist nicht deswegen… Weisst du, ich habe dir nie davon erzählt, weil… Ja, warum eigentlich?

Habe ich mich geschämt? Nein…» Erneutes Aufschluchzen. «…Ich glaube, ich wollte einfach, dass die Geschichte bei uns im Dorf bleibt…»

«Welche Geschichte?»

«Nun, Martins letzte Geliebte war eben… Anna, meine Mutter…»

«Oh! Wie traurig! Ist sie nicht komplett am Boden zerstört?»

«Ich weiss nicht… Ich glaube, sie hat es noch gar nicht so richtig realisiert, es ist ja erst gestern passiert… Aber reden wir doch lieber von etwas Erfreulicherem.»

In diesem Moment kam der Kellner und notierte die Bestellungen. Nachdem er gegangen war, schaute Brigitte ihre Freundin scharf an. «Sag mal, Liebes… Du hast so ein spezielles Glitzern in den Augen. Gibt es etwa Neuigkeiten bei dir?»

Laura lächelte versonnen. «Wer weiss?»

«Ich kenne dich gut genug, Laura», sagte Brigitte und strich ihr über den Arm, «also ein neuer Mann?»

«Noch nicht, aber… Weisst du, unser neuer Arzt im Dorf, der heute Schläpfers Praxis übernommen hat… Junggeselle, *mega sympa,* hübsch wie nur etwas…»

«Oh lala, ein echter Doktor! Das wäre aber eine Partie!»

«Nur Gemach, ich habe ihn ja erst ein einziges Mal gesehen, heute morgen in seiner Sprechstunde.»

«Schwer beeindruckt hat er dich jedenfalls! Aber sag mal… bist du denn krank, dass du ihn gleich an seinem ersten Arbeitstag aufsuchen musstest?»

«Ach wo! Du weisst ja, ich leide gelegentlich unter Heuschnupfen, und da war es ein Leichtes, zu behaupten, die Medikamente seien mir ausgegangen…»

«Also nein! Du bist doch ein durchtriebenes Weib! Lässt einfach keine Gelegenheit aus. Aber… So ein attraktiver Mann ist doch bestimmt schon gebunden!»

«Und wenn schon, eine Chance hat man doch immer, nicht wahr?»

«Laura, Laura, du kleines Miststück, deine Moral muss man ja beinahe mit der Lupe suchen gehen.»

«Moral, sagst du? Also ich will leben, will mich spüren, will mich verlieben können, wie es gerade kommt. Dir geht es doch genauso, wenn du ehrlich bist! Wie läuft es denn eigentlich bei dir?»

Brigitte zuckte mit den Schultern. «Ach, es geht so. Seit ich Markus, diesen Langweiler, zum Teufel geschickt habe, ist irgendwie der Wurm drin. Ein paar nette Flirts, aber ohne jede Fortsetzung, mehr gab es da nicht. Aber ich muss wohl einfach Geduld haben. Zum Glück hab ich einen guten Job beim Sozialamt, das stellt mich immer wieder auf. Ich finde es einfach toll, Frauen und Männer in schwierigen persönlichen Situationen zu beraten. Darin fühle ich mich kompetent.»

Laura seufzte. «Ja, da hast du es wirklich gut getroffen. Wenn ich daran denke, was für öde Arbeiten ich manchmal machen muss… Kaffee kochen, Kopien machen, Protokolle schreiben, Rundschreiben an die Bevölkerung abfassen… Aber eigentlich darf ich ja nicht klagen. Der Job ist sicher und anständig bezahlt, die Kollegen sind in Ordnung, mein Papa, der Gemeindepräsident, als Chef durchaus zu ertragen.»

«Siehst du, Laura, wir müssen doch zugeben, dass wir auf einem sehr hohen Niveau klagen. Wir dürfen wirklich zufrieden sein mit unserem Leben.»

Der Kellner erschien wieder, stellte die dampfenden Pizzas vor die Frauen und wünschte ihnen fröhlich einen guten Appetit.

«Nun denn», sagte Laura lachend und packte die Pfeffermühle, «lass uns das Essen geniessen, ohne ans Büro oder an die Männer zu denken.»

Dienstag, 3. Juli

«Kommen Sie morgen, so früh wie möglich», hatte die Sekretärin der Gemeindeverwaltung gestern am Telefon gesagt, «der Herr Gemeindepräsident ist sehr beschäftigt.»

Also war Bruno Widmer schon um viertel vor sieben in Bern losgefahren, und um halb acht empfing ihn Peter Ramseier in seinem Büro. «Ausgezeichnet, dass Sie so zeitig kommen konnten. Wissen Sie, als Gemeindepräsident hat man kaum noch Termine frei… Aber nehmen Sie doch Platz, Herr Kommissar. Oh, da kommt schon Laura mit dem Kaffee. Sie nehmen doch auch einen? Danke, Laura, meine Liebe… Darf ich vorstellen: Laura Ramseier, meine Tochter und unentbehrliche Assistentin, Kommissar Widmer aus Bern.»

Der Kommissar grüsste höflich, erntete ein kurzes Lächeln und schaute dann fasziniert zu, wie die elegante Frau ihnen mit anmutigen Bewegungen den Kaffee servierte und dann wieder davonstöckelte.

«So, jetzt können wir uns dem Thema zuwenden», fuhr Ramseier fort. «Ja, Herr Kommissar, auch auf dem Lande geschehen unschöne Dinge… Leider, leider…»

«Sie haben Martin Fankhauser natürlich gut gekannt?»

«Aber sicher, wir sind ein kleines Dorf, und die Fankhausers leben seit Generationen hier.»

«Wie würden sie ihn denn charakterisieren?»

Peter Ramseier zeigte ein kleines Lächeln. «Nun ja, ein eigenwilliger, um nicht zu sagen eigensinniger Kopf. E *stuure Gring*, würde man auf Berndeutsch sagen. Aber in unserer Gemeinde gilt das Motto 'leben und leben lassen', und so findet auch jeder Charakter seine ihm zusagende Nische.»

«Hat Fankhauser denn konkrete Probleme verursacht? Solche, die jemanden veranlasst haben könnten, ihn… so unsanft zu beseitigen?»

Ramseier lehnte sich in seinem Bürostuhl zurück, blickte zur Wand und kratzte sich im Haar. «Keine einfache Frage. Ich würde sagen, Martin hatte nicht viele Freunde. Im Dorfrestaurant sah man ihn kaum je, und er war auch in keinem hiesigen Verein aktiv. Ausser natürlich bei den Sportschützen in Thun, da hat er intensiv mitgemacht, aber ich kenne diese Leute kaum. Aber hatte er Feinde? Da gäbe es schon das eine oder andere. Normalerweise verhalte ich mich ja sehr diskret und plaudere nicht so schnell etwas aus. Aber es geht ja um einen Mord…»

«Eben!», betonte der Kommissar.

Ramseier trommelte mit seinen Fingern auf der Tischplatte herum. Offensichtlich zögerte er noch.

Widmer kam ihm zu Hilfe. «Ich habe da was von einem Sonnenrain läuten hören…»

«Oh, das wissen Sie bereits… Natürlich, der Sonnenrain, keine angenehme Geschichte. Fankhauser war ja der Führer der Opposition gegen dieses, meiner Meinung nach, sehr sinnvolle Projekt. Den Naturschutzverein Thun hatte er sich, wiederum meiner Meinung nach, bloss deswegen mit ins Boot geholt, um mehr Einfluss zu haben. Wegen Martins sturem Verhalten hat das Projekt nun bereits eine Verzögerung von mehr als zwei Jahren, und immer noch ist eine Einsprache hängig. Das hat erhebliche zusätzliche Kosten zur Folge.»

«Wer ist der Eigentümer der genannten Wiese?»

«Das ist Paul Anderegg, der den Hof Sonnbühl oberhalb des Dorfes bewirtschaftet.»

«Und natürlich will auch dieser Mann das Grundstück sobald wie möglich verkaufen?»

«Selbstverständlich, auch Paul hatte keine Freude an den Einsprachen. Aber ich hoffe, es wird jetzt bald vorwärtsgehen mit der Genehmigung.»

«Sie meinen, jetzt, wo Fankhauser tot ist…?»

«Ehm… Nun ja… Sie glauben wohl, dass man ihn deswegen… beseitigt hat? Ein kaltblütiger Mord wegen eines Bauprojekts? Ist etwas weit hergeholt, meine ich. Oder denken Sie, ich selber hätte ihn erschossen? Nein, so war es nicht, haha!»

Ramseier hob seine Tasse, aber sie war leer. «Nehmen Sie auch noch einen? Nicht? Laura!»

Mit einem wirklich beeindruckenden Augenaufschlag streckte die Assistentin den Kopf zur Tür herein. «Laura, sei so gut, meine Liebe, für mich noch einen Kaffee. Ich danke dir.»

«Und?», fragte der Kommissar weiter, «womit hat sich Fankhauser sonst noch seinen Ruf als *stuure Gring* verdient?»

Ramseier musste nicht lange überlegen. «Zum Beispiel war da dieser ewige Streit ums Elternhaus.»

«Aha?»

«Nun, Martin zog, nach dem Tod seiner Eltern, das war vor etwa zehn Jahren, einfach zurück in sein Elternhaus. Seinen Geschwistern, Kurt und Barbara, passte dies ganz und gar nicht. Sie wollten das Haus verkaufen, nicht zuletzt darum, weil beide immer etwas knapp bei Kasse waren. Martin aber hat sich stets geweigert, dem Verkauf zuzustimmen. Sie wissen ja, wie es bei solchen Erbengemeinschaften ist. Ein einzelner Erbe kann alles blockieren. Dabei wäre doch ein Verkauf allen Geschwistern zugute gekommen! Auch Martin war ja nur ein einfacher Arbeiter und konnte mit keiner üppigen Rente rechnen. Warum musste er nur so stur bleiben?»

«Und das geht jetzt schon seit zehn Jahren so?»

«Das kann man sagen.»

«Haben die Geschwister denn Druck auf Martin ausgeübt? Ihn vielleicht sogar bedroht?»

«Wer weiss? Aber das wären bloss Gerüchte, ich halte mich da raus.»

«Interessant ist, dass Martins Geschwister mir gegenüber die Sache mit dem Elternhaus mit keinem Wort erwähnt haben.»

Der Gemeindepräsident lächelte. «So, wundert Sie das, Herr Kommissar?»

«Vielleicht doch nicht. Aber noch eine andere Frage: Wo waren Sie am Sonntagmorgen früh?»

Ramseier streckte einen Zeigefinger in die Höhe. «Aha, jetzt geht es um mein eigenes Alibi! Anna, meine Frau, wird bestätigen, dass ich bis gegen neun Uhr zuhause war, aber eine Aussage der eigenen Ehefrau wird mir wohl nicht viel nützen, was?»

Bruno Widmer zuckte nur mit den Schultern. Er dankte dem Gemeindepräsidenten für die Auskünfte, verabschiedete sich und stieg nachdenklich ins Dorf hinunter. Wusste der Mann vom Verhältnis zwischen seiner Frau Anna und Fankhauser? Das war doch eigentlich anzunehmen in diesem *Kaff*. Also ein Mord aus Eifersucht? Oder doch wegen dieses Bauprojektes? Jedenfalls gehörte Peter Ramseier zum Kreis der Verdächtigen!

Als Nächstes nahm sich Bruno vor, Hans und Paul Anderegg sowie Anna Ramseier aufzusuchen. Er musste ja den Rest des Vormittags noch herumbringen, bevor er dann endlich diesen Waffenplatz-Typen befragen konnte!

Als Bruno eine Stunde später in seinen Wagen stieg, waren seine Gedanken noch beim soeben beendeten Gespräch mit dem Bauunternehmer Hans Anderegg, das nicht viel Konkretes erbracht hatte. Natürlich habe er, hatte Anderegg erklärt, keine Freude an den Einsprachen von Martin Fankhauser gehabt, welche das Projekt verzögerten und verteuerten. Aber das Risiko von Einsprachen bestehe bei jedem Projekt, und ein guter Bauunternehmer berücksichtige dies von Anfang in seiner Kalkulation. Jedenfalls, hatte er lachend verkündet, sei dies ganz sicher kein Grund, jemanden gewaltsam zu eliminieren…

Die Strasse in Richtung Sonnbühl wand sich in engen Kehren den Hang hoch. Bruno Widmer musste den Dienstwagen zweiweise sogar in den ersten Gang schalten, um die Kurven ohne Stottern des Motors zu bewältigen. Plötzlich aber ging der steile Hang in eine beinahe ebene Geländeterrasse über, die sich links und rechts über mehrere Hundert Meter erstreckte und beinahe ebenso breit war. Das Zentrum dieser Fläche wurde von einer riesigen Halle dominiert, neben der das eigentliche Bauernhaus beinahe wie ein Spielzeughaus wirkte. Der Kommissar parkte neben der Halle, stieg aus und sah sich um. So eine gigantische Halle im Landwirtschaftsgebiet hatte er überhaupt noch nie gesehen. Was die wohl gekostet hatte?

Er ging einige Schritte, um sich eine Übersicht zu verschaffen. Die Südwand der Halle war von zahlreichen Öffnungen durchbrochen, und davor waren drei grosszügige Weideflächen abgezäunt. In der ersten Fläche waren etwa drei Dutzend Kühe zu sehen. Die meisten davon lagerten auf dem Boden und waren am Wiederkäuen. In der zweiten Fläche wühlten sich wohl fünfzig Schweine auf der Suche nach Fressbarem durch das Erdreich, und in der dritten liefen Hunderte von Hühnern gackernd und gurrend durcheinander. Ja, hier wird mit grosser Kelle eingeschenkt, sagte sich Bruno Widmer, und er schaute dem Treiben fasziniert eine Weile lang zu.

Aber dann besann er sich und folgte dem Kiesweg, der quer durch einen klassischen Bauerngarten voller Blumen und Gemüsebeete hindurch zur Tür des alten, im traditionellen Berner Oberländer Stil erbauten Bauernhauses führte. Hier oben, etwa zweihundert Meter über dem See, wehte ein angenehmes Lüftchen, das sich auf Brunos verschwitzter Haut wohltuend anfühlte.

Er zuckte zusammen, als ganz plötzlich lautes Hundegebell erklang und gleich darauf ein grosser Sennenhund um die Hausecke bog und auf ihn losrannte.

«Ruhig, Kari!», erklang von hinten eine raue Frauenstimme. Der Hund bleib sofort stehen, und das Bellen ging in ein unterdrücktes Knurren über. Bruno Widmer atmete auf und stellte sich der etwa fünfzigjährigen, ziemlich stämmigen Bauersfrau vor, die um die Hausecke gekommen und dem Hund beruhigend über den Kopf gefahren war.

«Klara Anderegg», stellte sie sich ebenfalls vor. «Oh je, ein Bulle!», stiess sie unwirsch aus, als sie die Polizeimarke sah. «Verzeihung, ich wollte Sie nicht beleidigen! Bestimmt sind Sie wegen Martin hier», fuhr sie etwas freundlicher fort, «kommen Sie doch ins Haus, da ist es ein wenig kühler.»

Sie führte den Kommissar in die geräumige Bauernküche, hiess ihn am langen Tisch Platz nehmen, zapfte aus einer kugelförmigen 25-Liter-Flasche ein Glass Süssmost ab und stellte es vor ihn hin.

«Hier, eine kleine Erfrischung», sagte sie mit einer Andeutung von Lächeln, «und was wollen Sie wissen? Mein Mann Paul ist übrigens den ganzen Tag auswärts, also müssen Sie mit mir vorliebnehmen, um Auskunft zu bekommen.»

«Kein Problem», erwiderte der Kommissar. «Was produzieren Sie denn auf Ihrem Betrieb? Und wozu dient diese riesige Halle genau?»

Klara Anderegg war der Stolz anzusehen. «Unser brandneuer Kombistall macht Eindruck, nicht wahr? Wir haben ihn letztes Jahr bauen lassen. Damit können wir bis zu 50 Kühe, rund 100 Schweine und mehr als 2'000 Legehennen halten. Technisch sind wir auf dem absolut neuesten Stand. Das Prunkstück sind unsere beinahe vollautomatischen Melkbuchten, wo die Kühe selbstständig, gemäss ihrem eigenen Rhythmus, zum Melken kommen können. Alles wird von einem Computer gesteuert, inklusive der Menge und Zusammensetzung des verabreichten Zusatzfutters.»

«Ich bin äusserst beeindruckt», konnte der Kommissar ohne Übertreibung zugeben. «Nun, dieser… ehm… Kombistall hat dann wohl einiges gekostet?»

«Das kann man wohl sagen!», lachte Klara Anderegg, «ein siebenstelliger Betrag war es schon. Da muss man sich eben verschulden.»

«Wer hat Ihnen denn Kredit für so ein grosses Vorhaben gewährt?»

«Muss ich Ihnen das wirklich verraten? Na ja, die Polizei würde es ja sowieso irgendwie herausfinden. Wie Sie sich vorstellen können, finanzieren die Banken die Sache nicht, bevor der Landverkauf für die neue Überbauung am Sonnenrain abgeschlossen ist. Deshalb hat uns mein Schwager, Hans Anderegg, einen Kredit gewährt. Aber natürlich wollen wir ihn so rasch wie möglich zurückzahlen. Er braucht das Geld ja auch.»

«Ja, das verstehe ich. Und Ihnen gehört demnach diese Wiese, auf der Hans Anderegg sein Bauprojekt realisieren will?», fragte der Kommissar weiter.

«Richtig, mein Schwager hat grosse Pläne.»

«Wenn Sie also dieses Areal als Bauland verkaufen können, erzielen Sie einen ansehnlichen Gewinn, und damit können Sie die Schulden tilgen, die Sie für den Bau der Halle gemacht haben. Und Martin Fankhauser hat diesen Verkauf mit seinen Einsprachen zu verhindern versucht. Sehe ich das richtig?»

« Ja, schon…» Hinter Klara Andereggs Stirn arbeitete es heftig. «Aber, Moment mal…» Ihre Offenheit war einem misstrauischen Blick gewichen. «Wollen Sie etwa behaupten, wir hätten Martin deswegen umgebracht?»

«Ich behaupte gar nichts, ich stelle nur Fragen. Zum Beispiel, wo Sie und Ihr Mann am Sonntag früh waren.»

«Eine Frechheit ist das, uns einfach aus heiterem Himmel heraus zu verdächtigen! Haben Sie überhaupt eine Ahnung davon, wie es auf einem Bauernhof zu- und hergeht? Am Sonntag früh haben wir, wie jeden Tag, gearbeitet. Kühe melken, Schweine und Hühner versorgen… Nein, die Arbeit geht nie aus.»

«Aber Sie beschäftigen doch bestimmt Angestellte?»

«Ja, drei Mitarbeiter und eine Hausangestellte, aber die haben alle sonntags frei.»

«Gut, ich gebe mich damit zufrieden. Aber Sie hören wahrscheinlich nochmals von uns.»

«Meinetwegen», brummte Klara Anderegg, erhob sich resolut und begleitete den Kommissar zu seinem Auto.

Barbara Lüthi, geborene Fankhauser, war aussergewöhnlich nervös. Die vergangenen bald dreissig Jahre war Konrad Schläpfer ihr Hausarzt gewesen, ihr Vertrauter, dem sie alle ihre Sorgen anvertrauen konnte, ohne befürchten zu müssen, dass etwas davon an die Öffentlichkeit im Dorf drang. Dieses Vertrauensverhältnis war für sie lebenswichtig gewesen. Aber wie würde es mit diesem neuen Dorfarzt werden? Würde er ihr genauso sympathisch sein wie Konrad? Würde sie auch ihm ihre kleinen Geheimnisse, ihre unklaren Beschwerden anvertrauen können? Barbara Lüthi nahm sich vor, möglichst unvoreingenommen zu denken. Es konnte ihr doch überhaupt nichts passieren!

«Guten Morgen, Marianne! Ich bin wohl zu früh?», fragte sie, als sie die Praxis betrat.

«Morgen Barbara!», antwortete Marianne fröhlich, «das macht gar nichts. Doktor Aebischer ist schon bereit. Du weisst ja, wo das Sprechzimmer ist…»

«Frau Lüthi, guten Morgen!», empfing sie Daniel Aebischer mit einem gewinnenden Lächeln. «Bitte nehmen Sie Platz.»

Der neue Arzt war Barbara auf Anhieb sympathisch. Sie spürte keinen Dünkel, keine Überheblichkeit, kein abgehobenes Fachwissen. Nein, das war bestimmt ein Mensch, der ihre Nöte ernst nehmen konnte!

«Nun… Ehm… Herr Doktor Aebischer, Sie kennen wohl meine Patientenakte…»

«Ja, ich habe sie kurz durchgesehen. Es tut mir sehr leid, dass Sie seit Jahren mit verschiedenen Beschwerden zu kämpfen haben.»

«Leider ist es so. Seit mein Mann vor fünf Jahren gestorben ist, überrennen mich die Beschwerden wie eine Horde Affen… Das Herz rast, der Rücken schmerzt, der Magen drückt, der Nacken spannt, eine unbestimmte Trauer nimmt überhand… Wenigstens ist mein treuer Hund noch bei mir… Entschuldigen Sie…» Sie zog ein Taschentuch hervor und trocknete sich die hervorquellenden Tränen ab.

Der Arzt schaute kurz auf die Akte. Zum Glück war Konrad Schläpfers Handschrift problemlos lesbar. «Ich sehe, dass mein Vorgänger Ihnen verschiedene Medikamente verschrieben hat, sowohl gegen körperliche als auch gegen seelische Beschwerden. Nehmen Sie diese Präparate denn regelmässig ein?»

Barbara Lüthi blickte schuldbewusst zur Seite. «Ja… Mehr oder weniger schon… Aber sehen Sie, an gewissen Tagen vergesse ich es einfach…»

Aebischer nickte. «Frau Lüthi, ich kann Ihnen garantieren, dass nichts von dem, was Sie hier erzählen, das Sprechzimmer verlässt. Deshalb frage ich Sie jetzt ganz direkt: Könnte diese Vergesslichkeit etwa mit Ihrem Alkoholkonsum zusammenhängen?»

Barbara Lüthi konnte erneut ihre Tränen nicht mehr zurückhalten und schluchzte auf. «Wissen Sie, der Tod meines Mannes hat mir irgendwie den Boden unter den Füssen weggezogen. Wenn man so oft allein ist, kommt man ins Grübeln, und dann… greift man eben schnell zur Flasche…»

«Ich kann das sehr gut nachvollziehen, Frau Lüthi. Überlegen Sie doch mal Folgendes: Was müsste geschehen, dass es Ihnen wieder besser ginge? Dass Sie eine Chance sähen, aus diesem Kreislauf von Traurigkeit und Betäubung wegzukommen?»

Barbara Lüthi blickte erstaunt auf. «So etwas habe ich mich noch gar nie gefragt. Ja, was müsste passieren? Ein Wunder?»

«Das wohl nicht gerade», lachte der Arzt. «Aber… Vielleicht ein neues Hobby? Oder eine regelmässige ehrenamtliche Aufgabe? Vielleicht sogar eine neue Partnerschaft?»

«Ehm…Was meinen denn *Sie*?»

«Ich kann das nicht an Ihrer Stelle beantworten, Frau Lüthi. Mein Vorschlag wäre, dass Sie in den nächsten Tagen immer wieder über diese Frage nachdenken. Und wenn Sie mögen, dürfen Sie gerne nochmals in die Praxis kommen. Vielleicht kann ich Sie ja bei der Realisierung Ihrer Ideen unterstützen.»

«Vielen Dank, Herr Doktor, herzlichen Dank. Sie haben mir jetzt schon geholfen.»

Als Barbara Lüthi gegangen war, musste Daniel Aebischer zunächst einmal tief durchatmen. Den ersten wirklich schwierigen Moment in seiner neuen Tätigkeit hatte er gar nicht mal schlecht gemeistert!

«Hallo Hans! Hier ist Paul … Na ja, es geht. War die Polizei auch bei euch? … Ich war nicht zuhause, aber Klara wurde ausgequetscht… Nein, nicht allzu viel. Natürlich wollten sie wissen, woher das Geld für den neuen Stall herkommt. Aber da ist ja nichts Unrechtes dabei … Ja, eine böse Sache, mit Fankhauser. Der arme Teufel tut mir ja leid, aber für uns bringt sein Ableben ja nur Vorteile, haha…»

Bruno Widmer stieg die steile Gasse hoch und stand bald vor dem Haus des Gemeindepräsidenten, das etwa hundert Meter über dem Seespiegel am Hang lag. Wie er gehofft hatte, war Anna Ramseier alleine zuhause. Sie empfing ihn freundlich und kam gleich von selber zur Sache.

«Natürlich kommen Sie wegen Martin zu mir. Die Spatzen pfeifen es ja überall von den Dächern…»

Ja, eine durchaus attraktive Frau, dachte der Kommissar. Wohl um die sechzig, aber beinahe jugendlich wirkend mit der schlanken Figur, der straffen Haut, den blondierten Haaren, der ziemlich auffälligen Schminke… Und sehr traurig sieht sie auch nicht aus…

«Es ist also wahr, dass Sie ein Verhältnis mit ihm hatten?»

«Ach ja! So etwas lässt sich in unserem Dorf nicht geheim halten. Wie es überall ist: Alle wussten es und niemand redete offen darüber…»

«Dann spreche ich Ihnen mein herzliches Beileid aus zu diesem für Sie bestimmt sehr schmerzlichen Verlust.»

Anna Ramseier murmelte einen Dank.

«Ging das denn schon lange so?», fragte der Kommissar weiter, «und was meinte Ihr Mann dazu?»

«So etwa seit drei Jahren besuchte ich Martin regelmässig. Oft blieben wir bei ihm zuhause, oder wir fuhren auf den See zum Fischen, und manchmal gab es eine gemütliche Ausfahrt mit seiner Harley-Davidson.»

«Sie liebten das Motorradfahren?»

«Oh ja, sehr, jedenfalls als Sozia. Selber fahren lernen hätte ich nicht gewollt. Und was mein Mann dazu meinte? Zum Glück mied er das Thema hartnäckig, obwohl er ja davon wissen musste. Ob er sich selber irgendwo eine andere geangelt hat, um seine Bedürfnisse abzudecken, ein junges Ding wahrscheinlich? Das ist durchaus möglich, er ist ja so häufig unterwegs… Aber ehrlich gesagt, ist mir das sowas von egal! Und wissen Sie was? Zum Glück haben wir seit vielen Jahren getrennte Schlafzimmer. So muss ich wenigstens seine Schweissausbrüche und sein Schnarchen nicht mehr ertragen…»

Ramseiers Ehe bestand offensichtlich nur noch auf dem Papier, konstatierte Bruno für sich. Andererseits wirkte Anna Ramseier auffallend unberührt vom Verlust ihres Geliebten. Was konnte der Grund dafür sein? War das Ereignis noch allzu frisch, oder schauspielerte sie einfach perfekt?

«Gut, lassen wir das», fuhr er fort. «Aber Sie müssten doch eine Idee haben, *warum* man Martin Fankhauser umgebracht hat?»

«Nein, da kann ich Ihnen beim besten Willen nicht weiterhelfen. Ich weiss wohl, dass viele Leute Martin übelwollten. Er war eben ein Querulant, der sich an vielen Fronten Gegner schaffte. Aber ich hatte mit diesen Geschichten nie das Geringste zu tun und wollte auch nichts davon wissen. Zuhause und im Umgang mit mir war er jedenfalls vollkommen anders. Ja, vollkommen anders! Aufmerksam, liebevoll, zärtlich…»

Anna Ramseiers Augen füllten sich jetzt doch noch mit Tränen. Sie wandte sich ab und weinte eine Weile lautlos vor sich hin.

Endlich, dachte der Kommissar, endlich zeigt sie ihre Emotionen! Und er liess ihr Zeit. Schliesslich nahm er den Faden wieder auf. «Frau Ramseier, sind Sie berufstätig?»

«Ja, ich bin Buchhändlerin, und seit zwölf Jahren bin ich Inhaberin der Buchhandlung Libros in Thun. Zum Glück wurde Laura, unsere Tochter, schon sehr früh ganz selbstständig. So konnte ich mich immer auf meinen Beruf konzentrieren.»

Die Frau imponierte ihm wirklich. «Das finde ich grossartig, was Sie aus Ihrem Leben gemacht haben, Frau Ramseier.»

Sie zuckte nur mit den Schultern.

«Was auch noch wichtig wäre zu wissen», fuhr der Kommissar fort, «ob Martin Fankhauser ein Testament gemacht hat.»

Anna Ramseier schaute auf. «Ach, ein Testament? Wozu denn? Geld hatte er ja kaum viel zum Vererben, und das Haus, in dem er wohnte, gehört eigentlich der Erbengemeinschaft. Was bleibt da übrig? Sein Ruderboot, sein Motorrad, viele Bücher… Ich kann dafür nicht die Hand ins Feuer legen, aber ich halte es für sehr unwahrscheinlich, dass irgendwo ein Testament zum Vorschein kommt. Mir gegenüber hat er jedenfalls nie etwas in dieser Richtung erwähnt. Ausserdem würde das auch gar nicht zu Martins Charakter passen. Er hat nie sehr weit voraus gedacht, hat lieber in der Gegenwart gelebt.»

«Danke für Ihre klare Aussage, Frau Ramseier. Aber jetzt hätte ich doch noch eine Bitte an Sie», fuhr der Kommissar fort. «Im Ruderboot und auf der Kleidung des Verstorbenen haben wir Fingerabdrücke, Haare und Hautschuppen gefunden. Falls sich darunter Material befindet, das weder vom Opfer noch von Ihnen stammt, könnte dies zur Aufklärung des Verbrechens beitragen. Damit wir dies untersuchen können, bräuchte ich aber Ihre Fingerabdrücke und eine Speichelprobe. Das geht ganz schnell und einfach.»

Er griff in seine Tasche und brachte einige Utensilien zum Vorschein. «Hier ist das Stempelkissen für die Fingerabdrücke, und für die Speichelprobe werde ich mit diesen zwei Wattestäbchen

Proben aus Ihrer Wangenschleimhaut nehmen. Das Ganze wird dann im Labor analysiert. Darf ich auf Ihre Mithilfe zählen?»

Anna Ramseier hatte keine Einwände. Fünf Minuten später hatte Bruno Widmer die Proben genommen und verabschiedete sich. Er war aufs äusserste gespannt. Sein nächster Termin war auf dem Waffenplatz!

«Ich bin Major Felix Huser, Personalchef am Waffenplatz Thun, guten Tag!»

Der vielleicht fünfzigjährige, grossgewachsene, schlanke Mann in Uniform wirkte sehr dominant, und sein Händedruck war äusserst energisch.

«Kommissar Bruno Widmer, Kriminalpolizei Bern. Ja, Herr Major, wie ich Ihnen angekündigt habe, geht es um Ihren ehemaligen Mitarbeiter, Martin Fankhauser, der vorgestern früh umgebracht wurde…»

«Das hat man mir bereits mitgeteilt. Eine wirklich tragische Geschichte. In seinem eigenen Boot auf dem See! Und was möchten Sie von mir wissen?» Der Major klopfte mit einem Bleistift auf dem Tisch herum. Offensichtlich hatte er nicht viel Zeit.

«Alles Erwähnenswerte über Fankhausers Arbeitsverhältnis. Wie hat er gearbeitet? War er beliebt? Gab es irgendwelche Schwierigkeiten? Warum wurde er vorzeitig pensioniert?»

Huser zögerte nicht. «Nun, ich habe mich auf dieses Gespräch ein wenig vorbereitet und sicherheitshalber in Fankhausers Akte nachgeschaut. Ich selber arbeite seit dreiundzwanzig Jahren hier auf dem Waffenplatz Thun, aber Fankhauser hat ja bereits vor fünfundvierzig Jahren, gleich nach seiner Berufslehre als Mechaniker, hier angefangen. Natürlich kannte ich ihn sehr gut.»

«Und?»

«Wie soll ich sagen… Seine Arbeitsleistung war meistens einwandfrei…»

«Aber?»

«Martins Teamfähigkeit war nicht sehr ausgeprägt. Ich könnte nicht behaupten, er sei beliebt gewesen. Er war ein Eigenbrötler, hat sich eher abgesondert, war nicht als hilfsbereit bekannt, hat immer zuerst seinen eigenen Vorteil gesucht. Ich nehme an, er hat seine Arbeit hier bloss als ein notwendiges Übel betrachtet. Generell hatte er Mühe, Vorgesetzte zu akzeptieren, die ihm vorgaben, was er zu tun hatte.»

«Hat es denn Streit gegeben, oder waren gar Massnahmen vonseiten der Vorgesetzten nötig?»

Huser rieb die Handflächen gegeneinander. «Ja, das ist ab und zu vorgekommen. Meist war es nichts Gravierendes, eine Warnung, ein kleiner Verweis… Nur einmal, da hätte nicht viel gefehlt…»

«Nämlich?»

Husers Miene wurde noch eine Spur ernster, als sie schon gewesen war. «…und Fankhauser wäre seine Stelle definitiv los gewesen. Ich darf doch auf Ihre Schweigepflicht zählen, Herr Kommissar?»

«Aber selbstverständlich. Wir ermitteln in einem Mordfall, und ihre Aussage bleibt ausschliesslich polizeiintern.»

«Gut. Es geschah vor etwa acht Jahren. Wir stellten Unregelmässigkeiten im Lagerbestand fest und begannen, intern zu ermitteln. Schliesslich stellte sich heraus, dass Fankhauser verschiedenes Armeematerial, insbesondere Munition, aber auch einige Waffen, gestohlen und auf eigene Rechnung weiterverkauft hatte.»

«Das wäre doch bestimmt ein Grund zur fristlosen Kündigung gewesen?»

«Eigentlich schon. Aber weil Fankhauser seit Jahrzehnten seine Arbeit hier meist korrekt verrichtete hatte, haben wir entschieden, ihm eine letzte Chance zu geben, das Militärgericht nicht einzuschalten und es bei einer scharfen Verwarnung zu belassen. Ich denke, das war eine vernünftige Entscheidung. Fankhauser hat sich danach am Arbeitsplatz nichts mehr zuschulden kommen lassen. Allerdings haben wir ihn, als er 62 wurde, gegen seinen Willen vorzeitig in Pension geschickt. Diesen Kompromiss musste er akzeptieren. Leider mussten wir dann feststellen, dass er uns, nach seinem Abgang, weiterhin Schwierigkeiten machte…»

Der Kommissar zog die Augenbrauen hoch. «Ach ja? Inwiefern?»

«Ich weiss nicht, ob er wirklich zu wenig Geld hatte oder ob es andere Gründe gab. Jedenfalls fingen die Diebstähle in unserem Lager wieder an, und schliesslich konnten wir einen jüngeren Mitarbeiter überführen. Er hat die Delikte gestanden, sagte aber aus, Fankhauser habe ihn dazu angestiftet, habe ihm das gestohlene Material zum Weiterverkauf abgenommen und ihn ausbezahlt. Dieser Mitarbeiter wurde zu fünfzehn Monaten Gefängnis unbedingt verurteilt und war natürlich seine Stelle bei uns los.»

«Und Fankhauser?»

«Er wurde ebenfalls angeklagt, aber man konnte ihm juristisch nichts nachweisen und musste ihn laufenlassen. Leider, muss ich sagen.»

«Sie haben erwähnt, Fankhauser könnte finanzielle Probleme gehabt haben. Können Sie das begründen?»

«Nun, er hat sein ganzes Berufsleben als einfacher Arbeiter verbracht und hat nie den Ehrgeiz für eine höhere Position gezeigt, wo er besser verdient hätte. Dementsprechend fiel auch sein Ruhegehalt ziemlich bescheiden aus.»

«Ich nehme das zur Kenntnis. Doch zurück zu diesem verurteilten Mitarbeiter. Ich nehme an, er dürfte eine ziemliche Wut auf Fankhauser gehabt haben?»

Der Major zuckte mit den Schultern. «Davon gehe ich aus.»

«Damit gehört er für uns klar zum Kreis der potentiell Verdächtigen», betonte der Kommissar. «Ich muss Sie ersuchen, mir seinen Namen zu nennen.»

Huser war sichtlich unwohl. Er trommelte eine Weile mit den Fingern auf der Tischplatte herum. «Also gut», sagte er schliesslich, «der Mann heisst Adrian Winiger, müsste jetzt knapp über vierzig sein und wohnt, soweit ich weiss, immer noch in Thun.»

«Besten Dank für das Gespräch, Herr Major.»

Bruno Widmer frohlockte beinahe. Hatte er definitiv die heisse Spur gefunden? Diesen Adrian Winiger galt es also auszuquetschen. Wenn der nur nicht schon über alle Berge war!

Während der Fahrt im Dienstwagen zurück nach Bern versuchte Bruno, seine Gedanken zu ordnen. Was hatten sie bis jetzt herausgefunden? Offensichtlich war Martin Fankhauser eher ein *bad guy* als ein braver Bürger gewesen. Er hatte ein Verhältnis mit einer verheirateten Frau, er opponierte mit allen Mitteln gegen Bauprojekte der Gemeinde, er verweigerte sich seinen Geschwistern bei der Verteilung des Erbes. Zu guter Letzt hatte er sich des Diebstahls und der Hehlerei gegen seinen Arbeitgeber schuldig gemacht und, schlimmer noch, später einen Mitarbeiter zu ebensolchen Taten angestiftet. Warum musste dieser Mensch überall anecken, fragte sich Bruno. Hatte er in seiner Jugend so schlechte Erfahrungen gemacht? Oder ist er später irgendwo unter die Räder gekommen? Er hätte doch eigentlich ein angenehmes Leben führen können! Ein sicherer Arbeitsplatz, später eine garantierte Rente, ein Haus für sich allein, ein Boot, ein Motorrad, viel Zeit, hübsche Frauen, die ihn begehrten… Was hat diesen Mann bloss angetrieben, immer wieder vom Pfad der Tugend abzuweichen, überall auf Opposition zu gehen, zu stehlen, zu veruntreuen? Bruno fluchte leise vor sich hin, als er vor dem Kommissariat einparkte. Sie hatten zwar jede Menge potentiell Verdächtiger, aber keines der Tatmotive sah auch wirklich überzeugend aus. War Adrian Winiger ihre letzte Hoffnung?

Kaum war Bruno in seinem Büro angekommen, klingelte das Telefon, und er nahm ab. «Hier Kommissar Widmer … Guten Tag Frau Fankhauser … Oh je, das tut mir leid … Ja, ich verstehe absolut, dass Sie beunruhigt sind … Kann ich heute Nachmittag nochmals kurz bei Ihnen vorbeikommen? … Ja, am besten verlassen Sie bis dann Ihr Haus nicht … Also bis bald!»

Bruno lief sofort zum Nachbarbüro, wo Veronika vor ihrem Bildschirm sass und in die Tastatur hämmerte. «Stell dir das mal vor, Veronika, unser Fall nimmt eine ganz neue Wendung! Heidi Fankhauser, die Schwägerin des ermordeten Mannes, hat einen anonymen Drohbrief erhalten!»

«Was, einen Drohbrief! Endlich etwas Konkretes, die nächste Stufe der Eskalation!» Veronikas Wangen glühten, ihre Augen sprühten Funken, sie war sichtlich in ihrem Element!

«Ja», erwiderte Bruno, «es sieht ganz danach aus, als ob die Geschichte um Fankhauser weitere Kreise zöge… Wenn es nur kein zweites Opfer gibt! Ich werde heute nochmals bei Heidi Fankhauser vorbeigehen.»

Kaum war dieser nervige Kommissar endlich gegangen, eilte Anna Ramseier in ihr Schlafzimmer, öffnete ihren Kleiderschrank, griff in die Sockenschublade und holte ihr gut verstecktes Tagebuch hervor. Es war nicht dick, aber edel gestaltet mit seinem bordeauxroten Echtledereinband und den goldumrandeten Seiten. Das einzige Geschenk, das sie je von Martin akzeptiert hatte! Annas Augen wurden feucht, hastig wischte sie sich die hervorquellenden Tränen weg. Martin war schon zwei Tage tot, der erste Schock hatte zwar tief gesessen, aber zum richtigen Trauern war sie noch nicht gekommen. Vorgestern Mittag hatte sie vom Mord erfahren, und gestern war sie von morgens bis abends in ihrer Buchhandlung in Thun gestanden und abends völlig erschöpft heimgekommen. Erst heute, an ihrem freien Tag, hatte sich ein tiefes Gefühl des Verlustes in ihr ausgebreitet, und sie hatte immer wieder weinen müssen. Sie nahm das Tagebuch ins Wohnzimmer und blätterte es langsam durch. Jeden Besuch bei Martin und jeden gemeinsamen Ausflug hatte sie mit dem

Datum und einigen Stichworten notiert. Bei den neusten Einträgen hielt sie inne und versank in der Erinnerung.

5. Juni: Regnerischer Abend mit schönem Kuscheln

8. Juni: Frühmorgens zum Fischen, traumhafte Stimmung, guter Fang

13. Juni: Lauer Sommerabend, bis spät auf der Terrasse, dann ab ins Bett…!

19. Juni: Frische Fische vom Grill, M. so gut gelaunt!

26. Juni: Pässefahrt mit dem Motorrad über Susten, Furka und Grimsel, einfach grandios!

Anna konnte nicht mehr weiterlesen. Sie legte sich auf ihr Sofa und brach in Schluchzen aus. Diese letzte Motorradfahrt mit Martin, erst eine Woche her, wie war das doch berauschend gewesen! Sie waren morgens um sechs schon losgefahren, hatten in Meiringen ein kleines Frühstück eingenommen und nahmen noch vor acht Uhr die vielen Kurven in Richtung Sustenpass in Angriff. Es herrschte noch kaum Verkehr, und sie konnten auf der Harley-Davidson jede Kurve unbeschwert ausfahren. Martin fuhr nie sehr schnell, aber doch immer mit einem kräftigen Zug. Anna liebte es, von diesem Zug ganz körperlich mitgerissen zu werden. Sie umschlang seinen Oberkörper eng und versuchte, sich immer im genau richtigen Moment und im richtigen Winkel in die Kurven zu legen. Sie hatte im Lauf der Zeit Routine bekommen, und in den meisten Fällen gelang es ihr beinahe perfekt. Ja, sie waren ein gut eingespieltes Team!

Kurve um Kurve gewannen sie an Höhe. Der Blick weitete sich auf die schnee- und eisbedeckten Dreitausender, und Anna fühlte sich so glücklich wie schon lange nicht mehr. Alle Sorgen des Alltags waren himmelweit weggeflogen. Ihr Mann, der vom Dauerstress in seiner Funktion als Gemeindepräsident von Tag zu Tag unausstehlicher wurde… Ihre Buchhandlung, die sich im hartumkämpften Markt nur knapp über Wasser halten konnte… Ihre Migräneattacken, die sie manchmal an den Rand des Wahnsinns brachten…

Auf der Passhöhe machten sie nur ganz kurz Pause, dann ging es das Meiental hinunter nach Wassen, danach der Reuss entlang hinauf nach Andermatt, auf der Talstrasse nach Realp und schliesslich die langgestreckten Kehren hoch zum Furkapass, dem mit gut 2'400 Metern höchsten Punkt der Fahrt. Sie liessen das Motorrad auf dem Parkplatz stehen und setzten sich an einen Tisch auf der Terrasse des Restaurants. Weil es ein Wochentag war, hatte es nur wenige Gäste. Das Wetter war grandios, die Luft kühl und klar, nur wenige kleine Wolken zierten den tiefblauen Himmel, und die Aussicht war unübertrefflich.

In allen vier Himmelsrichtungen prangte die Hochgebirgswelt in ihrer ganzen Fülle. An den schattigen Stellen leuchteten noch die letzten Schneeflecken vom vergangenen Winter. Gegenüber dem Restaurant, auf einem mit Steinblöcken übersäten Abhang, graste eine kleine Herde von Gämsen, und immer wieder liessen sich die schrillen Warnrufe von Murmeltieren hören. Anna nahm Martins Hand und sah ihm in die Augen. «Ach, wie bin ich glücklich», flüsterte sie, «mit dir die schöne Alpenwelt erleben zu dürfen!» Dann zog sie seinen Kopf zu sich heran und gab ihm einen langen Kuss…

Ganz plötzlich schrak Anna aus ihren Erinnerungen auf. Die Erkenntnis, dass sie Martin nie wiedersehen würde, traf sie mit voller Wucht. Wie sollte sie bloss weiterleben ohne ihn? Mit ihrem Ehemann Peter würde es kaum besser werden. Ihre Beziehung war praktisch am Ende, und es war ihr eigentlich egal, ob er selber eine Geliebte hatte oder nicht. Ihre Buchhandlung war ihr zwar wichtig, aber ein Leben ohne eine befriedigende Beziehung zu einem Mann konnte sie sich einfach nicht vorstellen! Aber in ihrem Alter noch jemanden finden? Ach Martin! Ihre Tränen begannen wieder ungehindert zu fliessen…

«Hier ist dieser anonyme Brief, Herr Kommissar.»

Bruno Widmer untersuchte den Briefumschlag und das Blatt Papier, vermochte aber nichts Auffälliges zu entdecken. Ein ganz normaler Umschlag, natürlich ohne Absender. Auch der Post-stempel half nicht weiter, weil seit einigen Jahren alle Briefe, egal in welchen Briefkasten der Schweiz sie eingeworfen wurden, in einem der zentralen Briefpostzentren sortiert und gestempelt wurden. Dies ist aus polizeilicher Sicht überhaupt nicht ermitt-lungsfreundlich, dachte Bruno einmal mehr.

Der Text war mit einem dicken roten Filzschreiber und in wackligen Blockbuchstaben verfasst: *Heidi Fankhauser, bist du als Nächste dran?* Sonst nichts.

«Ist das nun eine Morddrohung oder bloss eine leere Floskel?», fragte Frau Fankhauser ängstlich.

Bruno Widmer drehte den Brief unschlüssig in seinen Fingern herum. «Sehen Sie, wir müssen das sicher ernst nehmen, auch wenn wir die Hintergründe nicht kennen. Natürlich werden wir den Brief auf Fingerabdrücke und sonstige Spuren untersuchen. Aber das kann auch ins Leere laufen. Vielleicht bleiben wir bes-ser auf der inhaltlichen Ebene. Immerhin ist vor kurzem Ihr Schwager ermordet worden. Leider gibt der Text des Briefes kei-nerlei Hinweis darauf, *warum* Sie ein mögliches nächstes Opfer wären. Das könnten nur *Sie selber* beantworten.»

Heidi Fankhauser war bleich geworden. «Ich? Mir ist die ganze Geschichte ein einziges Rätsel. Weshalb sollte ich denn bedroht werden? Ich habe doch nie jemandem etwas zuleide getan! Auch wenn es bestimmt einen Grund dafür gegeben hat, Martin um-zubringen, was sollte denn *ich* damit zu tun haben?»

«Denken Sie mal darüber nach. Ich bin sicher, dass es einen Zusammenhang geben muss. Warum sollte sonst so ein Droh-brief kommen?»

«Ich habe wirklich keine Ahnung!», schluchzte Heidi Fankhau-ser auf und verbarg ihr Gesicht in den Händen, «und ich mache mir die grössten Sorgen, dass mir etwas zustösst!»

«Das kann ich absolut verstehen, aber ich kann Ihnen keine Ga-rantie geben, dass nichts passiert. Seien Sie einfach sehr vorsich-tig.»

«Kann mich denn die Polizei nicht schützen?», fragte sie wispernd.

«Natürlich tun wir alles, was in unserer Macht steht. Aber einen absoluten Schutz gibt es einfach nicht. Wir können Ihnen beim besten Willen keinen Bodyguard für Tag und Nacht zur Verfügung stellen. Und selbst dies wäre kein hundertprozentiger Schutz für Sie.»

Heidi Fankhauser machte eine skeptische Miene. «Nun ja… Aber ich habe trotz allem Angst…»

«Frau Fankhauser, ich kann Ihnen nur raten, unbedingt mit Ihrem Mann darüber zu sprechen. Und denken Sie nochmals nach. Es *muss* einen Zusammenhang zwischen dem Mord und dem Drohbrief geben!»

Heidi Fankhauser schien gar nicht überzeugt zu sein, aber schliesslich gab sie nach und verabschiedete den Kommissar, ohne weiterhin auf einem Polizeischutz zu beharren.

Marianne Schläpfer war irritiert. Wer war denn das? Es kam sehr selten vor, dass sich eine gänzlich unbekannte Person in der Praxis einfand. Es musste wohl ein Notfall vorliegen.

Die ältere Frau war zwar perfekt gekleidet, frisiert und geschminkt, aber sie wirkte blass und müde.

«Silvia von Fellenberg», stellte sie sich vor, «ich bin, wie jedes Jahr, im Hotel Niesenblick im Urlaub, aber seit heute früh fühle ich mich irgendwie krank. Müde, schlapp, etwas fiebrig. Da dachte ich mir, ich gehe vorsichtshalber mal zum Arzt. Vielleicht hat mich eine Sommergrippe erwischt? Oh, ich hätte wohl telefonieren sollen, um mich anzumelden?»

«Kein Problem», sagte Marianne, «Doktor Aebischer wird Sie in wenigen Minuten empfangen können. Bitte nehmen Sie solange im Wartezimmer Platz.»

Die neue Patientin musste nicht lange warten, bis der Arzt erschien und sich vorstellte.

«Oh, so ein junger Doktor, das freut mich aber!», sagte sie lächelnd. «Sind Sie neu hier? Wissen Sie, vor etwa zehn Jahren hatte mein Mann während unseres Ferienaufenthaltes im Niesenblick eine böse Magenverstimmung, und da suchten wir hier den Doktor Schläpfer auf, der meinem Mann wunderbar helfen konnte.»

«Das freut mich. Tatsächlich bin ich Schläpfers Nachfolger, und heute ist gerade mal mein zweiter Arbeitstag in Oberwil. Aber jetzt zu Ihnen, Frau von Fellenberg. Sie fühlen sich etwas krank, haben Sie gesagt. Marianne, bringst du mir mal das Fieberthermometer, bitte?»

«Nicht mehr nötig, Daniel, das habe ich schon erledigt. Siebenunddreissig Komma vier.»

«Oh, danke! Also eine leicht erhöhte Temperatur. Haben Sie Schmerzen?»

«Nicht eigentlich. Nur so einen Druck im Kopf, ein Ziehen in den Gelenken und eine allgemeine Schlappheit.»

«Wollten Sie denn noch länger im Hotel Niesenblick bleiben?»

«Ja, ich habe noch eine Woche gebucht.»

«Dann schlage ich vor, Sie gönnen sich jetzt viel Ruhe, und wenn es bis übermorgen nicht bessert, kommen Sie nochmals vorbei. Ich gebe Ihnen vorsorglich ein fiebersenkendes Schmerzmittel mit, das Sie nach Bedarf einnehmen dürfen.»

«Danke, Herr Doktor», sagte Frau von Fellenberg, «ich denke, Ihr Ratschlag ist genau richtig: Ruhe und abwarten. Sollte es schlimmer werden, suche ich Sie subito wieder auf!»

«Sehr gut», lachte Aebischer, «dann wünsche ich Ihnen von Herzen gute Besserung!»

«Kennst du diese Frau?», fragte Daniel, nachdem sie gegangen war.

Marianne dachte einen Moment nach. «Der Name sagt mir eigentlich nichts, aber das Gesicht kommt mir schon bekannt vor. Ist ja auch kein Wunder, wenn sie doch jeden Sommer im

Niesenblick Urlaub macht. Dann habe ich sie sicher das eine oder andere Mal im Dorf gesehen.»

«Jedenfalls ist sie eine echte Dame», bemerkte Daniel, «eine Seltenheit heutzutage!» Dann bat er Marianne, den nächsten Patienten hereinzubitten.

Das Regionalgericht Oberland hatte seine Räumlichkeiten in einem wuchtigen, aus gelblichen Sandsteinquadern erbauten Gebäude, das sich, links der Aare, am Rande der Altstadt von Thun befand. Bruno Widmer war zusammengezuckt, als sich, kurz bevor er die messingene Klinke berühren konnte, die grosse Flügeltür von selbst zu öffnen begann. So etwas gab es in den Amtshäusern von Bern bisher nicht!

Zögernd betrat er die hohe Eingangshalle und blickte sich um. Den Wänden der quadratischen Halle entlang reihten sich, zumeist geschlossene, Bürotüren aneinander. Etwas rechts der Hallenmitte führte eine breite steinerne Treppe in drei Absätzen zur ersten Etage. Der Kommissar holte den Zettel aus seiner Hosentasche und warf einen Blick darauf: Dr. Heinz Meuli, Büro 118, hatte die Auskunft am Telefon gesagt. Das wird wohl im ersten Stock sein, dachte er sich und stieg die Treppe hoch. An der geschlossenen Tür zu Büro 118 war ein Schild angebracht: Anmeldung in Büro 112. Bruno ging also wieder ein Stück zurück. Die Tür zu 112 stand offen, im Raum aber war niemand. Auf dem Weg zurück zur 118 kam ihm ein jüngerer Mann in Anzug und Krawatte entgegen.

«Dr. Meuli?», fragte er auf gut Glück.

«Ah, Sie sind der Herr… jedenfalls der von der Polizei. Kommen Sie rein.»

Meuli liess sich den Polizeiausweis geben und studierte ihn sorgfältig. Erst danach bat er den Kommissar, auf dem Besucherstuhl vor dem grossen Schreibtisch Platz zu nehmen. «Bitte formulieren Sie Ihr Anliegen, Herr Kommissar», forderte er ihn trocken zum Sprechen auf.

«Es geht um eine gewisse Sabina Alessi, damals wohnhaft in Thun. Vor einigen Jahren soll sie ihren Freund, Martin Fankhauser aus Oberwil, wegen Gewalttätigkeit angezeigt haben. Soweit ich weiss, wurde Fankhauser damals freigesprochen. Dieser wurde nun aber vorgestern ermordet, und es stellt sich natürlich die Frage, ob die Frau mit dem Verbrechen zu tun haben könnte. Hat sie ihn vielleicht aus Rache umgebracht? Leider hat die Polizei Frau Alessi bisher nicht aufgefunden. Ob Sie uns da vielleicht weiterhelfen könnten?»

Kommentarlos wandte sich Meuli seinem Bildschirm zu. «Dann wollen wir mal suchen…»

Während die Tastatur leise klapperte, sah Bruno zum Fenster hinaus. Eine Krähe landete auf dem Ast einer Buche, welche den Innenhof beschattete. Sie hielt ein Stück hartes Brot, das sie wohl irgendwo aufgelesen hatte, in den Krallen und hieb mit dem Schnabel darauf ein. Aber schon kam eine zweite Krähe angeflogen, setzte sich der ersten gegenüber, zeterte laut und zerrte am anderen Ende des Brots. Es gelang ihr, ein Stück abzureissen, und sie verschlang es gierig. Die erste Krähe schlug heftig mit ihren Flügeln und flog krächzend mit ihrem verbliebenen Brotstück davon.

Ja, auch in der Natur war offensichtlich Futterneid ein wichtiges Thema, sinnierte Bruno.

«Herr Widmer?»

Der Kommissar schrak aus seinen Gedanken auf. «Oh… Haben Sie es gefunden?»

«Ja, das Gerichtsverfahren ist hier protokolliert. Martin Fankhauser wurde tatsächlich aus Mangel an Beweisen freigesprochen. Und Sie möchten jetzt diese Frau Alessi aufspüren?»

«Ich würde sehr gerne mit ihr sprechen.»

Das monotone Klappern der Tastatur ging wieder los. Diesmal achtete Bruno Widmer darauf, konzentriert zu bleiben, und versuchte, den Titeln der vielen auf dem Regal stehenden juristischen Fachbücher einen Sinn zu geben. Unglaublich, wie man solche Sachen interessant finden kann, dachte er.

«Jetzt habe ich es», liess sich Meuli vernehmen. «Sabina Alessi hat sich vor einem Jahr in Thun abgemeldet und ist in ihr Heimatland Italien, genauer nach Sizilien, zurückgezogen. Reicht Ihnen das?»

«Noch nicht ganz. Die Dame könnte ja als Touristin zurückgekommen sein, um ihren ehemaligen Peiniger umzubringen.»

«Nun ja, theoretisch schon. Ich drucke Ihnen die Wohnadresse in Sizilien, die sie uns angegeben hat, aus. Dann dürfen Sie gerne selber dort weiter suchen!»

Meuli grinste ganz offen, und Bruno Widmer musste sich zusammenreissen, um diesen arroganten Beamten nicht anzuschreien.

«Gut, das werde ich machen», erwiderte er trocken. «Und besten Dank für Ihre überaus freundliche Hilfe.»

Meuli verzog keine Miene und nickte ihm nur zu.

Mit einem kleinen Ärger im Bauch trat Bruno wieder ins Freie. Der Fall schlug ja immer weitere Kreise, jetzt würde er auch noch im südlichen Nachbarland ermitteln müssen! Und mit diesem Winiger musste er sich auch ganz dringend unterhalten!

Veronika Steiger hatte die Protokolle der polizeilichen Untersuchung überflogen. Wirklich ein spannender Fall, dachte sie einmal mehr. Bruno Widmer hat gute Arbeit geleistet, und ich selber brenne jetzt förmlich darauf, hier persönlich einzugreifen!

«Also, was ist dein Fazit, Bruno?», fragte sie ihren Assistenten, als er sich zum Rapport an den Besuchertisch gesetzt hatte.

«Nun, die Lage ist ziemlich verworren. Wir haben grundsätzlich vier Motive, die für einen Mord an Martin Fankhauser verantwortlich sein könnten. Da ist einerseits der Erbstreit um das elterliche Haus, das Martin bewohnte und das seine zwei Geschwister dringend verkaufen wollten. Andererseits gibt es diesen Widerstand gegen die vom Gemeinderat geplante

Überbauung des Sonnenrains, in dem Martin so stark engagiert war. In diesem Punkt hätten Peter Ramseier, der Gemeindepräsident, Hans Anderegg, der Bauunternehmer, und Paul Anderegg, der Landbesitzer, ein Motiv. Drittens hatte Martin Frauengeschichten. Zuerst mit einer Italienerin, von der er sich im Streit trennte, und später mit Anna Ramseier, der Frau des Gemeindepräsidenten.»

«Also Geldgier, Eifersucht oder Rache als Motiv.»

«Ja, möglicherweise. Anna Ramseier hat die Affäre mir gegenüber sofort zugegeben. Aber sie gibt an, am Sonntag früh mit ihrem Mann zuhause gewesen zu sein. Dies ist zwar kein überzeugendes Alibi für ihren Mann, aber warum sollte sie ihn decken?»

Veronika verzog ihr Gesicht. «Du hast von vier Motiven gesprochen!»

Bruno grinste breit. «Richtig. Und damit kommt auch die Bombe! Fankhausers Schwester hat erwähnt, er sei bei den Sportschützen Thun engagiert gewesen. Darum habe ich gestern den Vereinspräsidenten befragt. Er hat mir bestätigt, dass Fankhauser ein Einzelgänger und nicht sehr beliebt gewesen sei. Vor allem aber erwähnte er ein Gerücht, er habe an seinem Arbeitsplatz Diebstahl und Hehlerei begangen! Und so habe ich heute auf dem Waffenplatz den Personalchef Major Huser befragt. Und tatsächlich: Fankhauser hat vor rund acht Jahren Munition und Waffen gestohlen. Es wurde ihm zwar nicht sofort gekündigt, er kam mit einer scharfen Verwarnung davon. Aber mit 62 musste er gegen seinen Willen in die vorzeitige Pension. Nur war das Problem damit nicht gelöst. Nach seiner Pensionierung hat er nämlich einen früheren Arbeitskollegen, Adrian Winiger, zum Diebstahl ermuntert und ihm die Ware abgekauft. Und weisst du, was dann passiert ist? Dieser Arbeitskollege musste ins Gefängnis, und Fankhauser wurde, mangels harten Beweisen, freigesprochen!»

«Oh, das ist brisant!», stiess Veronika aus und setzte ihren grimmigen Blick auf. «Sieht nach einer heissen Spur aus! Diesen

Typen, der im Gefängnis gesessen hat, müssen wir uns dringend vornehmen. Und übrigens, was sagen die persönlichen Papiere und der Laptop des Ermordeten?»

«Der Laptop ist immer noch bei unserem Spezialisten. Ich rechne damit, dass er bis morgen seine Analyse fertig hat. Fankhausers Aktenordner habe ich selber zu sichten begonnen. Bis jetzt habe ich nichts Verdächtiges gefunden, aber ich bleibe dran.»

«Hier habe ich übrigens den Schlussbericht des Kriminaltechnischen Dienstes», fuhr Veronika fort. «Leider gibt es kaum neue Erkenntnisse. Auf dem Ruderboot mit dem Toten befanden sich keine Spuren, die uns weiterführen könnten. Alle Spuren stammen von Fankhauser selbst und von Anna Ramseier. Das heisst, wir müssen dringend das zweite Boot finden, von dem aus die Schüsse abgefeuert wurden.»

«Einverstanden. Und eigentlich könnte es doch ganz simpel sein: Auf diesem zweiten Boot müsste man doch Schmauchspuren von der Schussabgabe finden können. Nur…» Bruno zuckte mit den Schultern. «Es gibt Hunderte, wenn nicht Tausende von Booten auf dem Thunersee. Und was, wenn das Boot vom Brienzersee her gekommen ist?»

«Du hast recht, diese vielen Boote können wir unmöglich alle überprüfen. Aber wenn wir grosses Glück haben, war es ein Boot aus dem Hafen von Oberwil.»

«Also… das halte ich für unwahrscheinlich. So ein unvorsichtiger Täter?»

«Hmm, da hast du auch wieder recht. Aber wo sollen wir denn verdammt nochmal anfangen? Kannst du mir das vielleicht sagen?»

Bruno staunte, wie laut Veronikas Stimme geworden war. Dies kam äusserst selten vor. «Ich habe schon ein wenig recherchiert», sagte er beschwichtigend. «Immerhin wissen wir jetzt, dass in letzter Zeit kein Boot gestohlen wurde, und dass sich auch bei keiner Bootsvermietung ein neuer Kunde registriert hat.»

«Na ja, besser als nichts», brummte Veronika. «Als nächstes wirst du dir diesen Winiger vorknöpfen. Und was war eigentlich mit diesem anonymen Drohbrief an Heidi Fankhauser?»

Bruno zog ein Papier aus seiner Mappe und legte es vor Veronika auf den Tisch.

«Nun ja, damit lässt sich wohl nicht viel anfangen», sagte sie. «Fingerabdrücke und genetisches Material wird kaum daran sein. Immerhin, ein Drohbrief, das ist immer sehr ernst zu nehmen. Hast du mit Heidi Fankhauser gesprochen?»

«Ja, heute Nachmittag. Sie ist in Panik, aber ich habe ihr klargemacht, dass wir im Moment nicht viel unternehmen können. Nur sie selber kann schliesslich die Frage beantworten, warum sie bedroht sein könnte. Aber sie behauptet steif und fest, keine Ahnung zu haben.»

«Gut. Wenn wir mit dieser Strategie nur nicht voll ins Messer laufen… Einen zweiten Mord können wir uns definitiv nicht leisten! Übrigens werde ich ab morgen die Ermittlungen selber leiten. Und dies, Bruno, ist keineswegs ein Misstrauensvotum gegen dich. Das ist mir wichtig zu betonen. Du hast bisher ausgezeichnete Arbeit geleistet. Aber unser Polizeidirektor persönlich hat mir die Leitung des Falles übertragen. Alles klar, Bruno?»

«Okay, ich nehme es mit Humor…»

Adrian Winiger hatte den Kommissar nicht in seiner Wohnung empfangen wollen, sondern ein Café in der Altstadt von Thun vorgeschlagen. Dort sass er schon vor einem grossen Bier, als der Polizist, natürlich in Zivilkleidung, um halb fünf nachmittags eintraf. Winiger sah nicht gut aus. Ungepflegt und schlecht ernährt, stellte Bruno Widmer beim ersten Blick fest. Hemd und Jeanshose waren fleckig und löchrig, seine Gesichtshaut war grau und voller Pickel, das strähnige Haar hing ihm bis auf die Schultern, die Augen wirkten stumpf.

«Herr Winiger», kam der Kommissar gleich zur Sache, «Ihr ehemaliger Personalchef, Major Huser, hat mir von Ihnen erzählt.»

«Kann mir schon denken, was…», brummte Winiger.

«Ja, Sie haben an Ihrem Arbeitsplatz einen grossen Fehler gemacht und dafür schwer gebüsst. Haben Sie denn unterdessen eine andere Arbeit gefunden?»

Winiger strich sich grob durch seine verfilzten Haare. «Hahaha! Eine feste Stelle, meinen Sie wohl? Nach dem Knast? Wer nimmt dich da noch mit Handkuss? Ich packe eben, was gerade kommt, allerlei Gelegenheitsjobs, verdammt anstrengend und mies bezahlt.»

«Das tut mir leid für Sie. Und auf Martin Fankhauser sind Sie wohl nicht gut zu sprechen?»

«Ha! Dieser Lump kann mir gestohlen bleiben! Pfui Teufel! Er soll sich nie mehr blicken lassen, dieser Feigling! Sonst kriegt er prompt meine Faust in seine Eier!»

Bruno Widmer war perplex. Wusste Winiger wirklich von nichts? Oder spielte er nur? Egal, dachte er.

«Wissen Sie denn nicht, dass Fankhauser… tot ist?»

«Was»! Winiger lachte höhnisch auf. «Abgekratzt ist er, wie hübsch! Das freut mich ja ungemein!»

«Sie haben wohl eine grosse Wut auf ihn?»

«Aber sicher! Dieser hinterlistige Typ war doch das Letzte! Verleitet einen zum Klauen, kassiert den grössten Teil des Gewinns, und wer wandert am Ende in den Knast? Ich und nur ich! Nein, diesem Typen traure ich keine Träne nach. Übrigens, woran ist er denn gestorben?»

Schauspielerte er, oder wusste er tatsächlich nichts von dem Mord? Der Kommissar ging nicht auf die Frage ein.

«Herr Winiger, wo waren Sie vorgestern, Sonntag früh, sagen wir gegen acht Uhr?»

«Was für eine Frage! Am Sonntagmorgen gegen acht Uhr? Da war ich natürlich in meinem Bett, wo sonst?»

«Kann das jemand bezeugen?»

«Schön wär's, haha! Sie waren natürlich nie im Knast, Herr Kommissar! Sehen Sie jetzt, wie beschissen das Leben eines Ex-Sträflings ist? Nicht mal eine hübsche Freundin kann man sich leisten, die einen am Sonntagmorgen im Bett tröstet.»

Der Kommissar schaute sein Gegenüber durchdringend an. «Soll ich Ihnen das jetzt abnehmen, dass Sie von nichts wissen? Okay, ich versuche es. Fankhauser wurde am Sonntag früh, weit draussen auf dem See, erschossen.»

Winiger, bislang nur missmutig dreinblickend, machte jetzt doch grosse Augen. «Oh lala! *Er* war das! Die Leiche im Boot, waren doch die Schlagzeilen im Thuner Tagblatt. Ich glaube es ja nicht, *Fankhauser* war das! Eine schöne harte Kugel zwischen die Rippen! Nein, sogar drei davon! Genau das Richtige für diesen Mann, der illegal mit Munition gehandelt hat, haha! Aber… Moment mal… Sie wollen doch nicht etwa *mir* diesen Mord anhängen?»

«Davon habe ich kein Wort gesagt. Nur schade, dass Sie für Sonntag früh kein Alibi haben.»

«Verdammter Mist», murmelte Winiger, «muss ich jetzt auch noch in *diese* Geschichte hineingezogen werden?»

Ohne sein Gegenüber anzusehen, warf er einige Münzen auf den Tisch, erhob er sich und marschierte davon.

Der Kommissar machte keinen Versuch, ihn zurückzuhalten. Er zahlte den Rest, ging zum Parkplatz und fuhr nachdenklich im Auto zurück nach Bern. Was war von diesem Winiger zu halten? Er hatte grundsätzlich ein Motiv, Fankhauser zu eliminieren, er hatte zweifellos Zugang zu Waffen, und er hatte kein Alibi. Aber wie sollte man ihm etwas nachweisen können? Entweder fanden sich Zeugen, die ihn gesehen hatten, oder man würde Spuren in einem der Boote finden. Und wenn nicht? Ihn beschatten zu lassen, machte wohl kaum Sinn. Der Fall war keineswegs einfacher geworden, im Gegenteil. Bruno Widmer stiess einen leisen Fluch aus und drückte noch etwas stärker aufs Gaspedal.

Marianne kam ins Sprechzimmer und lächelte Daniel zu. «So, ich glaube, jetzt können wir definitiv Feierabend machen.»

«Gehst du nachhause zum Abendessen, Marianne?»

«Och nein. Ich habe mir gedacht, ich kaufe mir eine Kleinigkeit und setze mich auf eine Bank am Seeufer. Es ist so ein schöner Sommerabend.»

Daniel druckste herum. «Hättest du… ich meine… etwas dagegen… Ich meine, wenn ich mitkäme…?»

Ihre Antwort kam blitzartig. «Aber sehr gerne!»

Marianne fühlte ihr Blut siedend heiss in die Wangen schiessen. Er hatte ganz von selber gefragt!

Die Sitzbank am Seeufer stand unter einer mächtigen Trauerweide, die angenehmen Schatten spendete. Die weite Fläche des Thunersees glitzerte im flachen Sonnenlicht, das Weiss der zahlreichen Segelboote bot einen angenehmen Kontrast zum grünlichen Wasser, und das im abendlichen Dunst verschwimmende Panorama der Berner Alpen lieferte die perfekte Hintergrundkulisse.

«Ach, ist das herrlich hier am See», rühmte Daniel, nachdem er sein Sandwich aufgegessen hatte, «ich wohne zwar erst seit drei Tagen in Oberwil, aber irgendwie fühle ich mich schon ein klein wenig zuhause.»

«Wie schön!», antwortete Marianne lächelnd, «ich hingegen wohne seit meiner Geburt hier, und wahrscheinlich habe ich es längst verlernt, die Vorzüge meines Dorfes zu schätzen…»

«Nein, das glaube ich nicht. Ich sehe es dir an, wie wohl du dich hier fühlst, Marianne.»

«Oh…!», sagte sie nur, aber in ihrem Bauch begann es zu flattern.

Eine Weile blickten beide nachdenklich über den See hin. Die Hitze des Tages hatte merklich nachgelassen, die Sonne zu ihrer

Rechten war blass geworden und tauchte zunehmend in den sommerlichen Dunst des Aaretals ein. Fünf weisse Schwäne paddelten gemächlich dem Ufer entlang, reckten ihre langen Hälse und versuchten herauszufinden, ob wohl einige Krumen vom menschlichen Picknick für sie anfallen würden. Etwas weiter hinten ruderte eine Gruppe von Stockenten vorbei, und links waren zwei Haubentaucher zu sehen, die immer wieder unvermittelt abtauchten, um vor der Nachtruhe noch den einen oder anderen leckeren Fisch zu erbeuten.

«Du, Marianne», brach Daniel jetzt das Schweigen, «ich habe gar nicht gewusst, dass du noch einen Bruder hast.»

«Ach ja, der Manuel», antwortete sie betont langsam, «natürlich warst du schockiert, als du ihm gestern Mittag so unerwartet begegnet bist.»

«Schockiert nicht, aber überrascht.»

«Weisst du, für mich ist das alles so selbstverständlich, so absolut normal. Ich war fünf, als Manuel zur Welt kam, und er war zunächst einfach immer mein Bruder, mit allen seinen Eigenheiten. Ich habe mich damals nicht gefragt, ob er sozusagen normal sei oder nicht. Manuel war einfach Manuel, basta.»

«Ja, das kann ich gut nachvollziehen. Als normal empfindet man doch einfach das, was man tagtäglich sieht und wahrnimmt. Aber wie ist es dann mit Manuel weitergegangen?»

Marianne musste sich eine Träne wegwischen. «Ach, ich hatte Manuel von Anfang an unheimlich lieb, habe Mama immer geholfen, ihn zu wickeln, ihn zu füttern und ihm Gutenachtgeschichten zu erzählen. Ja, ich glaube, dies konnte ich am allerbesten. Und wahrscheinlich habe ich unbewusst verstanden, dass er viel Zuwendung brauchte. Aber irgendwann… Als er vielleicht vier war, wurde mir klar, dass er anders ist als ein normales Kind. Er konnte kaum zwanzig Worte sprechen, geschweige denn ganze Sätze bilden. Und auch bei unseren Spielen war er immer nur halb bei der Sache. Immer wieder erstarrte er ganz plötzlich, mitten im lustigsten Spiel. Seine Miene wurde unzugänglich, und er blickte irgendwohin in die Ferne, als sei er meilenweit weg. Da wurde ich das erste Mal wütend auf ihn, weil ich, als Neunjährige, doch so gerne richtig mit ihm gespielt hätte! Irgendwann habe ich dann meine Eltern gefragt, was denn mit Manuel los sei. Sie haben sich grosse Mühe gegeben, mir kindgerecht zu erklären, was ihm fehle. Dass er manchmal eine Art von Wand um sich herum errichte und dann eine Zeitlang in seiner eigenen, von anderen Menschen völlig getrennten Welt lebe. So als ob ich hier in der Schweiz und er am Nordpol sei. Und dass er dies nicht mache, um mich zu ärgern, sondern weil er einfach nicht anders sein könne. Ich habe das damals nicht wirklich kapiert und brauchte Jahre, bis ich Manuel so akzeptieren konnte, wie er eben ist. Natürlich hat er diverse Therapien über sich ergehen lassen, aber nüchtern betrachtet hat sich bei ihm nicht viel verändert. Ja, so ist das.»

«Und später?», fragte Daniel.

Marianne zuckte nur mit den Schultern. «Es war nicht einfach. In der Sekundarschule kam er gar nicht schlecht mit, aber als es dann um die Berufswahl ging, da war er vollkommen überfordert. Auf Empfehlung der Berufsberatung hat Manuel eine Gärtnerlehre begonnen, aber nach einem halben Jahr wurde ihm gekündigt. Er sei faul, unkonzentriert, ignoriere die Anweisungen, lauter solche Vorwürfe… Sie trafen nur zum Teil zu, aber was sollten wir denn dagegen machen? Meine Eltern haben schliesslich akzeptiert, dass sich Manuel wohl nie selbstständig würde ernähren können. Unterdessen hat sich das Ganze gut eingependelt. Manuel bekommt eine Invalidenrente, lebt bei den Eltern und hat einen geordneten Tagesablauf.»

«Was macht er denn immer mit seiner Zeit?»

«Das Wichtigste ist, dass er regelmässig feste Aufgaben zu erfüllen hat. Meine Eltern haben bei einem befreundeten Bauern am Dorfrand ein Stück eines Gemüsegartens mit angrenzendem Hühnerhof gepachtet. Jeden Morgen und jeden Abend geht Manuel die rund zwanzig Hühner versorgen und hilft dem Bauern im Stall oder wo gerade Not am Mann ist. Im Sommerhalbjahr arbeitet er auch im Gemüsegarten, sooft es das Wetter zulässt. Dieses Arbeiten an der frischen Luft macht ihm Freude und gibt ihm die notwendige Struktur. Nachmittags und abends sitzt er meist in seinem Zimmer und liest Bücher aller Art.»

«Grossartig, wie ihr das habt lösen können. Und was macht eigentlich deine Schwester?»

«Verena? Meine grosse, allwissende Schwester…»

«Wie meinst du das jetzt? Als dein Vorbild?»

«Ach, ja und nein. Natürlich habe ich, als kleines Mädchen, zu der um zwei Jahre älteren Verena emporgeschaut, weil sie einfach alles zu wissen und zu können schien. Aber später wurde dies eher zu einer Last für mich. Weil ich immer mehr realisierte, dass Verena *tatsächlich* alles besser wusste und konnte… Jedenfalls im Vergleich zu mir, die ich die halbe Zeit verträumte. Ja, Verena hat ihren Weg gemacht. Sie hat Jura studiert, arbeitet als Anwältin in Bern und wohnt in einer schicken Eigentumswohnung in Muri. Dabei ist sie erst zweiunddreissig!»

Marianne nahm noch einen Schluck aus ihrer Mineralwasserflasche. «Aber jetzt endlich zu dir, Daniel. Sag mal, ich versuche schon die ganze Zeit, deinen Dialekt einzuordnen. Er klingt ähnlich wie Berndeutsch, aber doch irgendwie anders. Könnte es in Richtung Freiburg gehen?»

«Gut geraten, Marianne! Meine Familie stammt aus Düdingen, im deutschsprachigen Teil des Kantons Freiburg. Aebischer ist eben ein typisches Deutschfreiburger Geschlecht. Die ersten zwölf Jahre meines Lebens habe ich auch noch in Düdingen verbracht, aber dann sind wir nach Neuenegg im Kanton Bern gezogen, und so habe ich wohl meinen Freiburger Dialekt teilweise verloren. Vor allem weil ich ja nach Bern ins Gymnasium gegangen bin.»

«Solche Sachen finde ich unglaublich spannend, dass man anhand einiger typischer Redewendungen oder Ausdrücke erraten kann, in welcher Region, oder sogar in welchem Dorf, jemand aufgewachsen ist. Wir sind ja hier in der Region Thun noch ziemlich nahe am Dialekt von Bern, aber einige Einflüsse des typischen Oberländer Dialektes sind doch vorhanden.»

«Das kann ich gut heraushören. Du bist ja eine echte Einheimische!»

«Ja, ich bin hier im Doktorhaus aufgewachsen, und da war auch die Arztpraxis meines Vaters ganz natürlich ein Teil meines Zuhauses. Papa hat es zugelassen, dass ich schon als kleines Mädchen in den Praxisräumen ein- und ausging. Nur wenn Patienten im Behandlungszimmer waren, musste ich meist draussen bleiben, aber auch dies wurde nicht so streng gehandhabt. Am liebsten wäre ich natürlich Ärztin geworden, aber eben…»

«… die Schulnoten, meinst du wohl?»

Mariannes Augen wurden feucht. «Ja, leider war ich nicht so fleissig, wie ich hätte sein müssen, um das Gymnasium zu schaffen. Ich war so verträumt, bin am Bach gesessen, habe den Schmetterlingen auf den Wiesen zugeschaut, habe Romane gelesen …»

«… und später, als Jugendliche, auf den Märchenprinzen gewartet?», foppte Daniel.

«Du bist gemein!» Sie stupste ihn kräftig in den Oberarm.

«Aua! Du kannst dich ja richtig wehren, Marianne!»

«Und wie! Nimm dich bloss in acht! Zugegeben, natürlich wartet jedes halbwüchsige Mädchen irgendwie auf seinen Prinzen… Aber kehren wir den Spiess doch mal um: Wie sieht es denn bei dir aus, hast du deine Märchenprinzessin schon gefunden?»

Daniel sah verlegen zur Seite. «Ehm… Nein… Ja, weisst du…»

Marianne schoss das Blut ins Gesicht. War er doch schon gebunden? «Ja was denn jetzt?», fragte sie leise.

Daniel antwortete ebenso leise. «Ich sage es so: Vor einigen Jahren war ich noch fest überzeugt, ich hätte meine wahre Prinzessin gefunden. Aber mittlerweile zweifle ich stark daran. Tanja in Bern ist irgendwie schon ganz weit weg, und ich habe beinahe das Gefühl, ich gehöre jetzt hierher nach Oberwil… Und dein Prinz, Marianne, ist er noch nicht aufgetaucht? Oh, du weinst ja! Das wollte ich bestimmt nicht, verzeih mir!»

«Ist schon gut. Ich dachte eben an Heinz…» Marianne hatte ihr Gesicht abgewandt und schniefte.

«Du hast ihn sehr geliebt?», fragte Daniel mitfühlend.

«Ja, natürlich… Und eines Tages hat sich dieser Typ mir nichts dir nichts eine andere angelacht… Ach, vergessen wir es!»

«Ja, lassen wir das Vergangene ruhen und geniessen jetzt einfach den schönen Abend», lenkte Daniel ein.

«Du hast recht. Aber ich würde zu gerne wissen, wie du zur Medizin gekommen bist.»

«So ähnlich wie du!»

«He? Ich verstehe gar nichts.»

«Ganz einfach: Mein Vater führte, zuerst in Düdingen, dann in Neuenegg, eine Hausarztpraxis. Und er kannte deinen Vater Konrad schon aus seinen Studentenzeiten. Deshalb habe ich ja auch mein Praktikum hier in Oberwil absolviert.»

«Ach so ist das! Aber hättest du denn nicht die Praxis deines Vaters übernehmen können?»

«Ja, das war eine Option. Aber ich habe mich dann entschieden, dass ich an einem anderen Ort als mein Vater wirken möchte. Und nach längerem Abwägen habe ich schliesslich Oberwil gewählt.»

«Zum Glück!», rutschte es Marianne heraus, aber sie lenkte sofort wieder ab. «Ja, Ärztin wäre ich wirklich gerne geworden, aber es hat eben nicht gereicht. So ergab sich die Medizinische Praxisassistentin als zweite Wahl, und ich bin damit recht glücklich. Aber natürlich habe ich es mir zu einfach gemacht, immer nur in der Praxis meines Vaters zu arbeiten. Ich hätte mal raus gehen sollen, andere Gegenden, andere Leute kennenlernen… Und jetzt, wo Papa die Praxis verkauft hat, wäre der ideale Moment dafür gewesen…»

«Aber?»

«Nun, irgendwie habe ich es verpasst. Jedoch… Wenn ich dich, Papas Nachfolger, ansehe, bereue ich es überhaupt nicht, hiergeblieben zu sein…»

«Oh… Danke für das Kompliment! Aber auch ich bin froh, dass du dageblieben bist. So eine kompetente und freundliche Assistentin ist einfach Gold wert.»

Marianne lächelte. «Siehst du, dann ist es eben unser Schicksal, dass wir weiterhin zusammenarbeiten.»

«Also *ich* könnte mir ein schlimmeres Schicksal vorstellen», spöttelte Daniel grinsend.

Eine Weile sahen sie sich nur in die Augen, ohne ein Wort zu sagen. Die untergehende Sonne beleuchtete ihrer beider Lächeln.

Dann wandte sich Daniel ab und erhob sich. «Ehrlich gesagt bin ich hundemüde von meinen zwei ersten Arbeitstagen. Ich werde früh schlafen gehen.»

Marianne versuchte, ihre Enttäuschung zu verbergen. «Ja, gehen wir.»

Mittwoch, 4. Juli

Der Angestellte am Schalter der Berner Kantonalbank reagierte sofort, als er den Polizeiausweis von Veronika Steiger sah, und rief telefonisch einen Kollegen herbei. Der Hinweis auf einen Mordfall liess das sprichwörtliche Schweizer Bankgeheimnis sofort schmelzen. Dieser Kollege ging mit der Kommissarin in ein kleines Besprechungszimmer und zauberte in wenigen Sekunden Martin Fankhausers Daten auf den Bildschirm.

«Es geht Ihnen also darum, abzuklären», sagte er freundlich, «ob Fankhausers Einkünfte mit seinen Ausgaben… sozusagen im Gleichgewicht waren.»

«Ja, wir müssen wissen, ob er allenfalls auf, ehm… inoffizielle Nebeneinkünfte angewiesen war.»

«Sie meinen wohl illegale Nebeneinkünfte?», lächelte der Angestellte, ohne eine Antwort zu erwarten, und sah wieder auf den Bildschirm.

«Aha», sagte er schliesslich, «offensichtlich war Fankhauser, was seine Bankgeschäfte betraf, ein ordentlicher Mensch. Die wiederkehrenden Ausgaben – Hypothekarzins, Telefon, Krankenkasse, Steuern etc. – hat er mit Daueraufträgen und Lastschriftverfahren sauber geregelt. Und seine Einkünfte? Seit er vor drei Jahren pensioniert wurde, bezog er seine Pension und die vorgezogene staatliche Rente. Wenn ich das zusammenzähle und davon die fixen Ausgaben abziehe… Ja, da bleibt nicht mehr wirklich viel übrig für den täglichen Lebensunterhalt. Jedenfalls konnte er sich nicht besonders viele Extras leisten. Soll ich Ihnen die Zusammenstellung ausdrucken?»

«Sehr gerne», antwortete die Kommissarin, «ich bin Ihnen dankbar für Ihre freundliche Unterstützung.»

Beschwingt ging Veronika zu Fuss zurück ins Präsidium. Sie lächelte in sich hinein. Es gab also deutliche Hinweise darauf, dass sich Martin Fankhauser seinen Lebensstil nur mit irgendwelchen Nebeneinkünften hatte leisten können. Plötzlich aber ging ihr ein neuer Gedanke durch den Kopf. Waren es vielleicht gar keine illegalen Geldflüsse gewesen? War es ganz simpel? Hatten ihn einfach seine Frauenbekanntschaften finanziell unterstützt? Das war ja durchaus möglich, ja beinahe zu erwarten. Veronika beschloss, Anna Ramseier direkt danach zu fragen. Zuerst aber musste sie bei Heidi Fankhauser vorbeigehen.

Veronika schaute nochmals kurz in ihrem Büro vorbei, schnappte sich dann einen freien Dienstwagen und machte sich auf den Weg nach Oberwil. Ein Drohbrief, überlegte sie unterwegs, das war doch eigentlich das Letzte, was sie in diesem Mordfall erwartet hatte! Gab es der ganzen Geschichte eine völlig neue Wendung? Würde Martin Fankhauser nicht das einzige Opfer bleiben? Nein, keine voreiligen Schlüsse, sagte sie sich. Ein solcher Brief muss ja auch nicht echt sein. Und sollte er fingiert sein, wäre dies umso aufschlussreicher… Hatte Heidi den Brief etwa selber geschrieben, um vom Verdacht auf sich abzulenken? Oder vom Verdacht auf ihren Ehemann? Veronika fühlte ein angenehmes Kribbeln am ganzen Körper. Spannende und überraschende Ermittlungen, das war es, was sie am meisten liebte! Sie gab tüchtig Gas, ohne wirklich auf den Tacho zu achten. Na wenn schon!

«Frau Heidi Fankhauser?»

«Das bin ich.»

«Veronika Steiger, Kriminalkommissariat Bern, freut mich. Ich habe noch ein paar Fragen an Sie.»

«Aber… Da war doch schon vorgestern ein Kommissar bei uns zuhause und hat uns ausgefragt. Und gestern musste er nochmal kommen, wegen dieses Drohbriefes… Ach, ich habe solche Angst!» Heidi Fankhausers Stimme zitterte.

«Das verstehe ich. Umso wichtiger ist es jetzt, die Ermittlungen zu diesem Mord voranzutreiben. Und dabei zähle ich auf Ihre Unterstützung.»

«Nun denn, kommen Sie rein. Mein Mann Kurt ist aber nicht da, er ist den ganzen Tag für das Geschäft unterwegs. Wissen Sie, unser jüngerer Sohn hat vor einigen Monaten unser Sanitärgeschäft übernommen, aber Kurt hilft auch noch mit, wenn gerade Not am Mann ist.»

«Kein Problem. Darf ich mich hier an den Tisch setzen?»

Frau Fankhauser nickte nur. Ein sehr frostiger Empfang, dachte Veronika, aber das muss ja nicht zwingend etwas Negatives bedeuten.

«Also Frau Fankhauser», begann sie, «nach wie vor ist völlig unklar, wer Ihren Schwager Martin umgebracht haben könnte und weshalb. Leider haben Sie und Ihr Mann beim letzten Gespräch mit der Polizei einen wichtigen Punkt nicht erwähnt.»

«Oh, haben wir etwas vergessen?», zuckte Heidi Fankhauser zurück.

«So ist es. Martin Fankhausers Geschwister haben es offensichtlich gar nicht geschätzt, dass er das ehemalige Elternhaus sozusagen besetzt hielt, während sie es unbedingt verkaufen wollten.»

«Ach, das meinen Sie? Ja, das ist schon richtig. Die drei Geschwister bildeten, nach dem Tod der Eltern vor gut zehn Jahren, eine Erbengemeinschaft, und da ist es manchmal schwierig, zu einem Konsens zu kommen. Wir fanden es schon irgendwie daneben, dass Martin ein ganzes Haus für sich beanspruchte und sich rundweg weigerte, einem Verkauf zuzustimmen. Dabei hätte es doch allen genützt!»

«Offensichtlich hat das Ihr Schwager Martin anders gesehen. Waren Sie denn sehr neidisch auf ihn?»

«Neidisch? Sie spielen wohl auf seinen eher unkonventionellen Lebensstil an? Ach nein, von Neid würde ich nicht sprechen. Jeder soll doch so leben, wie es ihm passt.»

«Ich kann Ihren Ärger wegen des Elternhauses absolut verstehen. Aber haben Sie denn nicht versucht, auf Martin Druck auszuüben?»

Heidi Fankhauser war es offensichtlich unwohl. Sie schaute betreten zu Boden. «Nein... Ja... Fragen Sie am besten meinen Mann danach.»

«Jetzt frage ich aber Sie danach!», fauchte die Kommissarin. «Hören Sie gefälligst auf, sich hinter Ihrem Mann zu verstecken! Ich bin überzeugt, dass Sie ganz genau wissen, was gespielt wurde! Nach zehn Jahren wurde doch die Situation für Martins Geschwister unerträglich! Und da haben sie ihm wohl ein Ultimatum gesetzt: Entweder du stimmst dem Verkauf zu, oder wir greifen zu härteren Massnahmen... War es nicht exakt so?»

Heidi Fankhauser schaute nur noch mit starrem Blick zur Wand, und erst nach längerer Pause begann sie wieder zu sprechen. «Ihn bedroht? Nein, nein, das haben wir nicht. Aber es war schon ein Problem... Das war doch komplett sinnlos, Martin ganz allein diesem Haus! Er hätte doch mit einer kleinen Wohnung genug gehabt, oder nicht?»

«Das mag schon sein. Aber Tatsache ist, dass Martin Fankhauser ermordet wurde, und auch Sie, seine Schwägerin, sind verdächtig, die Tat begangen zu haben!»

«Was! Ich? Sind Sie wahnsinnig? Ich habe noch nie im Leben eine Pistole in der Hand gehabt! Und ausserdem waren Kurt und ich hier zuhause, als es passiert ist.»

«Das sind alles *Ihre* Behauptungen, Frau Fankhauser. Auf Wiedersehen!»

Veronika Steiger verliess rasch das Haus. Sie war zufrieden. Natürlich hatte sie keine Ahnung, ob diese Heidi Fankhauser eine Mörderin oder überhaupt in den Fall involviert war. Aber falls sie nur den kleinsten Dreck am Stecken hatte, war sie jetzt mit Sicherheit beunruhigt. Und sie würde ganz bestimmt auch ihren Mann nervös machen!

«Katharina! Ich bin überrascht. Du kommst in meine Praxis, anstatt zuhause bei Konrad fachmännischen Rat zu holen?»

Katharina Schläpfer zeigte kaum die Andeutung eines Lächelns. «Lass bitte die Scherze, Daniel. Mir ist eher zum Heulen zumute.»

«Entschuldige bitte.» Daniel drückte ihr warm die Hand. «Selbstverständlich nehme ich dich gerne als Patientin. Nimm Platz und erzähle.»

Katharina setzte sich Daniel gegenüber und strich, beinahe verschämt, ihren hellblauen Sommerrock glatt. Jetzt endlich kam auch ihr gewohntes, charmantes Lächeln zum Vorschein. «Siehst du, Daniel, Ich habe wirklich gezögert, dich damit zu belästigen. Vor allem weil Konrad immer abgewiegelt hat. Stets hat er es auf die Menopause oder auf den Stress im Gemeinderat abgeschoben…»

«Ich bin sicher, du hast recht getan, zu mir zu kommen. Aber worum geht es denn?»

Katharina zeigte auf ihren Bauch. «Hier, diese Schmerzen im Unterleib… Sie kommen und gehen. Oft habe ich tagelang Ruhe, aber dann kommt plötzlich wieder dieses Ziehen…»

«Wie lange hast du das denn schon?»

«Ein Jahr ist es bestimmt. Es fängt immer hier rechts an, etwas unterhalb der Leber, würde ich sagen. Und dann breitet es sich über den ganzen Unterbauch aus.»

«Und natürlich machst dir jetzt Sorgen?»

Katharinas Augen wurden unvermittelt feucht. «Ich bin doch erst vierundsechzig…»

Daniel hatte sich Notizen gemacht und blickte jetzt auf. «Ja, Katharina, das müssen wir unbedingt sauber abklären. Wann wurde denn zum letzten Mal ein Labortest deiner Blutwerte gemacht?»

Er griff zum Hängeregister und suchte die Krankenakte heraus. «Aha, das ist schon ziemlich lange her. Also, wir werden dir jetzt aus der Armvene etwas Blut abzapfen und es analysieren lassen. Marianne! Kannst du bitte kurz kommen?»

Marianne erschien beinahe augenblicklich, zuckte aber erschrocken zurück. «Mama, du hier! Bist du krank? Das wusste ich gar nicht. Hoffentlich nichts Ernsthaftes, Daniel?»

«Nur keine Panik! Wir überprüfen nur die Laborwerte. Es ist mal wieder Zeit dazu. Was denkst du, Marianne, schaffst du es, deiner Mutter Blut abzunehmen, oder soll ich es selber machen?»

Marianne zögerte sichtlich. «Kein Problem», sagte Daniel sofort, «es tut mir sowieso gut, wieder mal selber eine Vene anzuzapfen. Nur keine Angst, Katharina. Ich pass schon auf.»

Kein Laut war zu hören, als Daniel schon beim ersten Versuch sauber die Armvene erwischte und die drei Glasröhrchen mit Katharinas Blut füllte.

Veronika ging ein paar Häuser weiter und klingelte bei Ramseiers, um Anna Ramseier ganz direkt zu fragen, ob sie Martin finanziell unterstützt habe. Aber es war niemand zuhause. Deshalb fuhr sie nach Bern zurück und bearbeitete im Büro einige dringende Pendenzen. Aber sie konnte sich nur schlecht konzentrieren. Immer wieder schweiften ihre Gedanken ab und blieben am Fall Fankhauser hängen. Irgendwie passt doch etwas nicht zusammen, dachte sie: Heidi Fankhauser, die selber zum Kreis der Verdächtigen gehört, erhält einen Drohbrief. Hatten demnach sie und Martin ein gemeinsames Geheimnis, das sie zu Opfern machte? Aber warum traf es die Schwägerin und nicht Martins Geschwister? Oder hatte diese Heidi den Drohbrief doch selber geschrieben, um vom Verdacht gegen sie abzulenken? Alles war denkbar!

Aber jetzt musste sie dringend die Frage der Finanzen abklären! Sie nahm das Telefon zur Hand und rief bei Anna Ramseier an. Bei zweiten Versuch klappte es. Ohne zu zögern, erklärte Anna Ramseier, sie habe Fankhauser niemals mit Geldbeträgen unterstützt. Ab und zu habe sie Lebensmitteleinkäufe, eine Tankfüllung am Motorrad oder ein Essen in einem Restaurant bezahlt, das sei alles. Veronika sah im Moment keinen Grund, an diesen Aussagen zu zweifeln, und beendete das Gespräch schnell. Aber die Gedanken drehten sich weiter in ihrem Kopf. Irgendwo musste dieser Fankhauser eine Geldquelle gefunden haben! Veronika lehnte sich in ihrem Bürostuhl zurück, schloss die Augen und versuchte sich zu erinnern. Hatte sie nicht schon mit ähnlichen Fällen zu tun gehabt? Allmählich tauchten frühere Ermittlungen auf, zogen an ihrem geistigen Auge vorüber… Und plötzlich war es da: Ja, Fankhauser hatte sie an den Fall Keller erinnert, und damals es war um Erpressung gegangen. Ja, Erpressung und Martin Fankhauser, das würde durchaus zu seinem Charakter passen… Aber warum dann der Drohbrief? War auch Heidi Fankhauser in diese Erpressungsgeschichte involviert?

Heidi Fankhauser war, wie beinahe jeden Morgen, auf ihr Fahrrad gestiegen und fuhr das steile, kurvige Strässchen von ihrem Haus zur Hauptstrasse hinunter, um im Dorfladen einzukaufen. Sie musste kräftig bremsen, um das Tempo nicht allzu hoch werden zu lassen. Tausende Male war sie schon hier hinunter gefahren, und sie verschwendete keinen Gedanken daran, dass irgendetwas passieren könnte.

Doch ganz plötzlich gab es einen Knall und einen Ruck in ihrer linken Hand. Ein Bremskabel war gerissen! «Mist!», fluchte sie und zog ganz instinktiv umso stärker an der rechten Bremse. Wenn das nur gutging! Doch sie verlor immer mehr die Kontrolle über ihr Rad. Je stärker sie an der rechten Bremse zog, desto instabiler wurde das Rad und geriet immer stärker ins Schlingern.

«Hilfe! Hilfe!», schrie Heidi in Panik auf. Sie versuchte, mit den Schuhen am Boden schleifend zu bremsen, aber das war vollkommen aussichtslos. Immer schneller und schneller raste sie auf die Hauptstrasse zu. Wenn nur nicht gerade jetzt ein Auto um die Ecke kam!

«Achtung, Achtung, ich kann nicht bremsen!» brüllte sie, so laut sie konnte. Jetzt war die Einmündung erreicht, und sie versuchte, in vollem Tempo mit einer Rechtskurve in die Hauptstrasse einzubiegen. Ja, es schien zu gelingen! Aber sie lehnte sich allzu stark in die Kurve hinein. Das Rad kippte um, und Heidi schlitterte mehrere Meter weit auf dem Asphalt dahin, prallte schliesslich mit dem Kopf gegen einen Laternenpfahl und blieb ohnmächtig liegen.

«Daniel! Marianne! Hilfe!»

«Ja, was ist?» Marianne kam im Laufschritt aus dem Sprechzimmer zum Praxiseingang. «Aber Mama! Was ist denn passiert? Du bist ja kreidebleich!»

Katharina Schläpfer stützte sich auf den Empfangstresen. «Oh, es ist so schrecklich! Da vorne an der Strasse liegt Heidi Fankhauser in ihrem Blut! Sie ist vom Fahrrad gestürzt. Vielleicht ist sie sogar tot…»

Sofort war auch Daniel da. «Oh je, ein Unfall! Kommt mit!»

Alle drei eilten hinaus und die Hauptstrasse entlang.

Die am Boden liegende Gestalt war keine hundert Meter entfernt. Auf den ersten Blick sah es schlimm aus. Aus der Nase und aus einer Wunde seitlich am Kopf war ziemlich viel Blut geflossen. Die Kleider waren aufgerissen, der rechte Ärmel blutgetränkt. Daniel bückte sich nieder und prüfte zunächst Atem und Puls.

«Sie lebt!», keuchte er erleichtert. Dann tastete er sie ganz sorgfältig ab. «Es sieht wohl schlimmer aus, als es ist», meinte er schliesslich, «wahrscheinlich ein gebrochener Unterarm, einige Platzwunden und vielleicht eine Gehirnerschütterung.»

Als hätte Heidi dies gehört, begann sie jetzt leise zu stöhnen. «Heidi! Arme Heidi!», rief Katharina, kniete nieder und strich der Verletzten sanft übers Haar.

Daniel hatte sein Handy gezückt, und Marianne schaute ihn fragend an.

«Möglicherweise könnten wir die Frau auch in unserer Praxis behandeln», erklärte er, «aber ich will kein Risiko eingehen und alarmiere lieber den Rettungsdienst.»

Marianne blieb bei der Verletzten, bis der Rettungswagen eintraf, während Daniel in die Praxis zurückkehrte und, so gut es ging, die ersten Patienten des Tages empfing. Eine halbe Stunde später kam auch Marianne zurück.

«Alles ist gut gegangen», sagte sie sichtlich erleichtert, «Heidi ist auf dem Weg ins Spital Thun, und sie wird dort bestimmt bestens versorgt.»

«Ja, es war gut, dass wir sie abholen liessen», bestätigte Daniel.

Marianne hatte, sobald Heidi Fankhauser vom Rettungsdienst abgeholt worden war, die Kantonspolizei über den Fahrradunfall orientiert. Keine Stunde später hatte ein Polizist vorgesprochen und das Fahrrad, das Daniel vorsorglich im Praxiseingang deponiert hatte, zur Untersuchung mitgenommen.

Und plötzlich ging die Türglocke. «Wer kann das sein?», fragte Marianne, «angemeldet sind für heute Vormittag nur noch zwei Patienten, also hätten wir durchaus noch Zeit für Notfälle.»

Aber als sie ins Wartezimmer schaute, zuckte sie zusammen. Ein eisiger Blick empfing sie. Selbstbewusst und aufrecht sass Laura Ramseier, sexy gekleidet und auffällig geschminkt wie immer, auf einem Stuhl und musterte sie abschätzig.

«Hat der Herr Doktor zufällig eine Minute Zeit für mich?», fragte sie.

Marianne musste alle ihre Kraft zusammennehmen, um ruhig zu bleiben. «Ich sehe, was ich tun kann», sagte sie kühl und verschwand.

«Guten Morgen Frau Ramseier», empfing sie der Arzt zehn Minuten später im Sprechzimmer. «Haben die Medikamente gegen Heuschnupfen, die ich Ihnen verschrieben habe, nicht genützt? Oder geht es um andere Beschwerden?»

Laura Ramseier setzte ihr schönstes Lächeln auf, und Daniel konnte einfach nicht anders, als die elegante Frau fasziniert von oben bis unten anzusehen. «Aber bitte, Herr Doktor», flötete sie, «wir sind hier in einem kleinen Dorf, da sagt man doch nicht *Sie* zueinander. Also ich heisse Laura.»

«Okay», erwiderte der Arzt und streckte ihr die Hand hin. «Daniel.»

Laura zeigte ihren verführerischen Augenaufschlag. «Weisst du, Daniel, mein Heuschnupfen ist gar nicht so schlimm. Aber ich wollte dich einfach kurz sehen. Nimmst du mir das übel?»

«Ehm… Nein, natürlich nicht. Trotzdem… ich meine, das hier ist meine ärztliche Sprechstunde.»

«Eben!», antwortete Laura selbstbewusst, «da spricht man miteinander, wie schon der Name sagt. Aber eigentlich… Sprechen müssen wir nicht unbedingt, ich wollte dich einfach sehen, weil du so…, wie soll ich sagen…, so unglaublich sympathisch bist.»

Daniel blickte konsterniert zur Seite. «Also bitte, Laura… Ich nehme dein Kompliment zur Kenntnis, aber denk bitte daran, dies hier ist meine ärztliche Praxis, und es geht hier ausschliesslich um das gesundheitliche Wohl der Patientinnen und Patienten.»

«Um das gesundheitliche Wohl, ganz klar», sagte Laura und formte mit ihren grellrot angemalten Lippen einen Schmollmund, «und ich bin überzeugt, dass mein ganz persönliches Wohl nicht zuletzt von dir, Daniel, abhängt. Glaubst du das nicht auch?»

Daniel hielt es kaum mehr aus. Das Blut schoss ihm siedend heiss in den Kopf. Wenn sie jetzt nur nicht auf die Idee kam, sich auszuziehen! Er konnte keinen klaren Gedanken mehr fassen. Eine unsichtbare Macht zwang ihn, diese Frau anzusehen und sich vorzustellen… Und im Nebenraum war Marianne… Sag sofort ein klares Nein, flüsterte sein Verstand, aber da war wieder dieser kleine Teufel der körperlichen Anziehung… Laura blickte ihn unverwandt an und spitzte die Lippen…

Ein kräftiges Pochen an der Tür löste die unerträgliche Spannung. «Ja?», rief Daniel, vor Erleichterung lauter als nötig.

Marianne erschien und machte ein verwundertes Gesicht. «Alles in Ordnung? Ich wollte nur fragen, wann ich den nächsten Patienten reinholen kann.»

«Oh ja, mach das, Marianne, wir sind hier fertig.»

Laura machte kein Hehl aus ihrer Enttäuschung. Wortlos packte sie ihre Handtasche und stolzierte, ihre dünnen Absätze klackend in den Boden hauend, aus der Praxis.

«Gestern waren Sie leider nicht hier auf der Bank am See!»

Silvia von Fellenberg blickte auf. «Da haben Sie recht, lieber Herr von Graffenried. Ich war unpässlich und habe beinahe den ganzen Tag in meinem Zimmer geruht.»

«Oh, das tut mir aber sehr leid. Geht es Ihnen jetzt besser?»

«Ja, viel besser! Es war wohl nur ein kleiner Anflug einer Sommergrippe, aber diese hat sich rasch wieder aus dem Staub gemacht.»

«Das freut mich aufrichtig. Ihr Immunsystem ist demnach in einer beneidenswerten Konstitution, liebe Frau von Fellenberg! Darf ich?»

Bernhard von Graffenried machte eine kleine Verbeugung und setzte sich, auf ihr zustimmendes Zeichen hin, in gehörigem Abstand neben sie auf die Bank.

«Und wie geht es Ihnen?», fragte sie, «immer noch zufrieden mit dem Niesenblick?»

«Oh ja, und wie! Man könnte nicht besser aufgehoben sein als hier, in dieser, wie soll ich sagen, Symbiose von wunderschöner Natur und perfektem menschlichem Umfeld.»

«Schön gesagt, geradezu poetisch», erwiderte sie und schaute zu ihm auf. «Und? Was haben Sie heute unternommen?»

«Ach, ich habe mir einen ziemlich faulen Tag gemacht. Vormittags nahm ich den Bus nach Thun, bummelte ein wenig durch die schöne Altstadt, stieg zum Schloss hinauf und trank dann in einer schönen Gartenwirtschaft am Seeufer einen Tee. Mit dem Zwölf-Uhr-Schiff fuhr ich wieder nach Oberwil und spazierte auf dem Uferweg zurück zum Hotel. Nach einem leichten Lunch auf der Terrasse habe ich mich auf meinem Balkon installiert und endlich den angefangenen Roman von Pascal Mercier fertiggelesen. Ein schönes Werk, darf ich sagen.»

«Oh, Pascal Mercier! Diesen Schriftsteller liebe ich auch sehr. Lasen Sie den *Nachtzug nach Lissabon*?»

«Natürlich kenne ich dieses weltberühmte Buch auch. Nein, ich habe den Roman *Perlmanns Schweigen* gelesen, eine faszinierende und spannende Geschichte rund um das Thema Betrug und Wahrheit.»

«Dieser Titel sagt mir gar nichts.»

«Tatsächlich wurde er nie so berühmt wie der Nachtzug-Bestseller. Aber mich hat er fasziniert. Darf ich Ihnen das Buch zum Lesen ausleihen?»

«Gerne! Und wenn ich es nicht schaffe bis zum Ende meiner Ferien, schicke ich es Ihnen einfach per Post zurück.»

«Einverstanden!»

Silvia von Fellenberg schenkte ihm ein Lächeln. «Wissen Sie, ehrlich gesagt stört mich unser *Sie* und *Herr* und *Frau*… Wollen wir es nicht einfacher halten?»

«Aber liebend gern!»

Sie gaben sich die Hand.

«Silvia.»

«Bernhard.»

«Wie lange bleibst du denn noch hier, Bernhard?»

«Vielleicht eine Woche, eventuell etwas länger. Jedenfalls mindestens so lange, wie du hier bist…»

«Oh! Soll das ein kleines Kompliment sein?»

«Aber nein! Es ist definitiv ein riesengrosses Kompliment! Ich darf ehrlich sagen, ich finde es wunderschön, hier mit dir zu plaudern, liebe Silvia. Eine so schöne und intelligente Dame habe ich schon lange nicht mehr kennengelernt.»

Silvias Herz tat einen Sprung, aber sie versuchte, sich nichts anmerken zu lassen. «So, so! Und was erwartest du weiter von dieser Dame?»

«Aber Silvia! Mach es mir nicht zu schwer! Ich könnte dir ewig lange nur in die Augen schauen…»

«So, Schluss jetzt mit Flirten. Ich wünsche dir noch einen schönen Abend.»

Silvia erhob sich und wandte sich in Richtung des Hotels.

Bernhard stand ebenfalls auf. «Aber, liebe Silvia… Könnten wir denn nicht gemeinsam zu Abend essen? Wie schön wäre das doch!»

Sie blickte zurück. «Nein, heute esse ich alleine in meinem Zimmer. Nur etwas Leichtes, ein wenig Krankenkost. Ich darf meiner Verdauung noch nichts Schweres zumuten. Und ich werde sehr früh schlafen gehen. Aber wer weiss, vielleicht sehen wir uns morgen?»

«Das würde mich sehr freuen! Ich wünsche dir jedenfalls gute Besserung und eine erholsame Nacht.»

Bernhard blieb noch eine ganze Weile neben der Bank stehen und sah zu, wie Silvia aufrecht und mit energischen Schritten dem Hotel zuschritt. Er seufzte. Endlich, endlich hatte er eine Frau getroffen, für die es sich zu kämpfen lohnte! Endlich die Chance, doch noch eine Lebenspartnerin zu finden! Er war fest entschlossen, Silvia für sich zu gewinnen.

Marianne Schläpfer war nervös und zögerte einmal mehr. Schon den ganzen Tag über hatte sie auf eine günstige Gelegenheit gewartet, um ihn zu fragen. Immer wieder hatte sie es verschoben. Und schon hatte die letzte Patientin die Praxis verlassen. Wenn sie jetzt nicht davon anfing, war es wieder zu spät! Jetzt musste es definitiv sein! Sie kniff sich vehement in den Oberarm, gab sich einen Ruck und ging ins Sprechzimmer.

«Du, Daniel…»

«Ja, Marianne?»

«Sag mal… Ich habe dir doch von dieser schönen Wiese am Sonnenrain erzählt…»

«Ja, die Wiese, die dem Bauprojekt weichen sollte. Willst du sie mir etwa zeigen?»

Marianne atmete hörbar auf. So simpel einfach war es, er kam von selber auf die richtige Idee!

«Ja, das würde ich sehr gerne tun. Du liebst die Natur doch auch?»

Daniel lächelte ihr aufmunternd zu. «Oh ja, sehr. Wie wäre es jetzt gleich, noch vor dem Abendessen?»

«Ja, warum nicht? Gehen wir!»

Laura Ramseier nahm ihre Handtasche und verliess seufzend ihr Büro. War das wieder ein hektischer Tag gewesen! Den ganzen Vormittag über hatte sie die kommende Gemeinderatssitzung vorbereitet, Unterlagen zusammengesucht, Akten kopiert und Emails geschrieben. Am Nachmittag hatten sie zu dritt den Inhalt und das Layout der neuen Informationsbroschüre über die Gemeinde besprochen. Dabei hatte sich herausgestellt, dass ihre Vorstellungen bei beiden Themenkreisen weit auseinander lagen. Erst nach beinahe dreistündiger Diskussion hatten sie sich auf einen Kompromiss einigen können.

Laura fühlte sich ausgelaugt. Diese feuchte Wärme in den Büros machte sie einfach fertig! Und dies, obwohl sie wirklich nur die allerleichtesten Kleidungsstücke trug. Ein ärmelloses, blauweiss gestreiftes T-Shirt, einen luftigen, hellblauen Baumwolljupe und knallrote Riemchen-Sandalen mit dünnen, halbhohen Absätzen. Am liebsten hätte sie auch den Büstenhalter weggelassen, aber ihre Eitelkeit liess es nicht zu, sich auch nur mit einem Hauch von Hängebusen in der Öffentlichkeit zu zeigen. Und das Allerschlimmste an dieser feuchten Hitze war, dass der Schweiss eine permanente Bedrohung für ihr so sorgfältig aufgetragenes Makeup darstellte. Bei jedem Toilettengang hatte sie sich nachgeschminkt, und trotzdem war sie den ganzen Tag hindurch unruhig geblieben wegen ihres Aussehens. Weniger als perfekt zu wirken, das gestand ihr der Stolz einfach nicht zu! Manchmal fragte sie sich schon, woher das kam und ob sie es wirklich brauchte. Lass das Grübeln, sagte sie sich dann jeweils, schliesslich bin ich nur einmal jung und attraktiv, und dies möchte ich so lange wie möglich bleiben!

Laura durchquerte die automatische Tür des Gemeindehauses und trat auf den Dorfplatz hinaus. Die Sonne brannte immer noch erbarmungslos auf den Asphalt, und die Hitze verschlug ihr beinahe den Atem. Nun ja, dachte sie, es ist eben Sommer, und ich werde mich jetzt gemütlich auf meinem schattigen Balkon installieren, Zeitschriften lesen und den langen warmen Abend geniessen.

Als sie von der Dorfstrasse abbog, erstarrte sie augenblicklich. Keine fünfzig Meter von ihr entfernt stiegen Marianne und Daniel, in reges Gespräch vertieft, nebeneinander die Haldenstrasse hoch. Laura war fassungslos: Jetzt verbrachten die beiden sogar schon die Freizeit miteinander! Das darf ja nicht wahr sein, murmelte sie vor sich hin. Diese verdammte Hexe! Will sie mir etwa den Arzt wegschnappen? Laura ballte die Fäuste. Nein, so schnell gebe ich mich nicht geschlagen! Nein, liebe Marianne, so einfach kommst du nicht davon! Am Ende machst *du* die Zweite!

Ohne sich nochmals umzudrehen, stapfte Laura mit grimmiger Miene die Strasse weiter zu ihrer Wohnung.

«Nein! Das darf nicht wahr sein!»

Kurt Fankhauser starrte auf den anonymen Brief, den er soeben aus dem Postkasten gefischt hatte. *Ist eine späte Rache nicht süss, lieber Kurt?*, stand in grossen roten Druckbuchstaben auf dem Zettel. Kurts Hände wurden eiskalt, und sein Herz hämmerte gegen die Brust. Heidi war bedroht worden und kurz danach schwer verunfallt, was würde *ihm* noch blühen? Er schauderte trotz der Sommerhitze. Was sollte das überhaupt? Was hatten Heidi und er sich zuschulden kommen lassen? Wofür könnte sich denn jemand rächen wollen? Kurt spürte, wie die Angst sich in seiner Brust breitmachte und ihm immer mehr die Kehle zuschnürte. Was sollte er bloss gegen diese anonyme Bedrohung unternehmen? Er lief in den Flur, packte das Telefon, wählte die Nummer der Kriminalpolizei und fragte sich zur Kommissarin Steiger durch. Zu seiner grossen Erleichterung wurde er rasch verbunden und las der Kommissarin den anonymen Brief vor.

«Was soll ich bloss tun mit dieser Drohung?», fragte er kleinlaut. «Meine Frau Heidi liegt im Spital! Auch sie erhielt einen Drohbrief und hatte danach einen schrecklichen Unfall. Und ich? Muss ich bald elendiglich sterben?»

Veronika Steiger versuchte ihn zu beruhigen. «Natürlich nehmen wir das sehr ernst, aber nach wie vor haben wir leider keine Ahnung, wer hinter diesen Drohbriefen stecken könnte. Ich denke, nur Sie selber können uns weiterhelfen. Denken Sie nach, Herr Fankhauser. Jemand bedroht Sie und Ihre Frau. Es muss jemand sein, den Sie kennen! Jemand, der sich rächen will für irgendein Unrecht, das Sie vor langer Zeit an ihm begangen haben! *Späte Rache*, heisst es schliesslich. Und höchstwahrscheinlich gibt es einen Zusammenhang mit dem Mord an Ihrem Bruder!»

«Ja, das glaube ich jetzt langsam auch…», flüsterte Kurt Fankhauser ins Telefon, «aber wenn ich bloss wüsste, worum es sich handelt…»

Er beendete das Gespräch und tigerte dann im Wohnzimmer auf und ab. Das Telefon mit der Kommissarin hatte ihn überhaupt nicht beruhigt. Auf keinen Fall wollte er Heidi von der Drohung erzählen, das würde sie nur noch mehr in Angst und Schrecken versetzen. Seine Gedanken wirbelten zügellos herum. Wer um Himmels Willen könnte ihn denn bedrohen wollen? Er hatte doch kaum je im Leben etwas Unrechtes getan! Doch plötzlich schoss ihm ein Gedanke durch den Kopf. Könnte es vielleicht mit dieser uralten Geschichte zusammenhängen? Mit dieser Martha in seiner ehemaligen Schulklasse? Aber das war ja fünfzig Jahre her, und es waren doch bloss Kindereien gewesen!

Was für eine absurde Idee… Aber der Gedanke liess ihn nicht los. Späte Rache, hatte es geheissen. Es musste also ein sehr altes Unrecht sein, das hier gerächt werden sollte. Betraf es etwa doch die Martha? Und zwischen Martha und seinem Bruder Martin war doch auch irgendetwas gewesen… Aber was nur? Und die Martha war doch danach spurlos verschwunden. Vergeblich versuchte er sich zu erinnern. Sollte er doch Heidi danach fragen?

Es war schon sechs Uhr abends, aber die Sonne brannte immer noch heiss auf den gegen Südwesten ausgerichteten Abhang. Daniel und Marianne waren zügig aufwärts marschiert und stark ins Schwitzen gekommen, obwohl sie nur T-Shirt, Shorts und Turnschuhe trugen.

«Oh, wie herrlich das hier ist», schwärmte Daniel, als sie am unteren Rand der Sonnenrainwiese ankamen.

Die linke Hälfte der etwa eine Hektare grossen Wiese war schon gemäht, die rechte Hälfte stand noch aufrecht. Natürlich war das hohe Gras trocken geworden, und viele der Blumen waren verblüht. Trotzdem stachen noch zahlreiche Farbtupfer aus der gelblichgrünen Fläche heraus: Das Blau der Glockenblumen, das Rotviolett von Disteln und Flockenblumen, das Cremeweiss der verschiedenen Doldenblütler und das Gelb von Pippau und Habichtskraut.

Das Zirpen der Grillen und Heuschrecken bildete, zusammen mit dem Gesumme von Bienen und Wespen, eine stetige Geräuschkulisse, und überall zwischen den Grashalmen waren die hauchfeinen Netze von Spinnen zu sehen. Schmetterlinge in allen Farben gaukelten hin und her. Beinahe auf jeder Blüte war einer von ihnen gelandet und saugte mit seinem langen Rüssel den süssen Nektar auf.

«Sieh mal, die vielen Falter!», schwärmte Marianne voller Begeisterung.

«Kennst du sie denn mit Namen?», fragte Daniel.

«Ja, die meisten kenne ich. Lass mich mal aufzählen, was ich jetzt gerade sehe.» Sie wies mit dem Finger in verschiedene Richtungen. «Hier das Tagpfauenauge und der Admiral, dort der Zitronenfalter, der Schachbrettfalter und der Distelfalter, dort hinten der Mohrenfalter und jede Menge Bläulinge.»

«Toll, du kennst dich aber gut aus!»

«Einigermassen schon», gab Marianne bescheiden zu. «Weisst du, bereits als kleines Mädchen war ich fasziniert von jeder Blume und jedem Insekt, und meine Eltern haben mir nach und nach die Namen der häufigsten Arten beigebracht. Später habe ich in der Jugendgruppe des Naturschutzvereins Thun mitgemacht, und jetzt engagiere ich mich selber als Jugendgruppenleiterin.»

«Das beeindruckt mich sehr, Marianne. Auch ich habe immer gerne in der Natur beobachtet, aber ich habe mich dann ein wenig auf die Vögel spezialisiert.»

«Was für ein schöner Zufall! Vögel, und umso mehr die Vogelstimmen, damit hatte ich schon immer Mühe. Kaum siehst du mal irgendwo einen Vogel sitzen und versuchst, ihn im Fernglas einzustellen… Schwupp, ist er weggeflogen! Und wenn du denkst, du habest endlich einige Gesänge gelernt, bist du schon beim nächsten Waldspaziergang wieder vollkommen unsicher. War das jetzt eine Mönchsgrasmücke, eine Gartengrasmücke oder doch eine Heckenbraunelle? Also ich finde das sehr schwierig! Was meinst du, vielleicht könnten wir mal zusammen…»

Marianne erschrak über sich selber, ihr Puls raste in die Höhe, und sie hielt sich die Hand vor den Mund. Durfte sie so vorlaut gegenüber ihrem Chef sein, ihm einfach so eine private Unternehmung vorzuschlagen?

Aber Daniel ging gar nicht darauf ein. «Und dieses Paradies würde mit der geplanten Überbauung unwiederbringlich zerstört, hast du gesagt. Jammerschade.»

«So ist es», antwortete Marianne traurig. «Irgendwie kann ich Martin Fankhauser begreifen, dass er sich so heftig dagegen gewehrt hat.»

«Warst du denn auch dabei?»

«Beim Protest, meinst du? Nein, nicht direkt. Die Einsprachen haben Martin und der Vereinsvorstand von Thun zusammen verfasst. Aber natürlich war das immer ein Gesprächsthema bei uns im Verein.»

Sie blieben noch eine ganze Weile stehen, blickten hierhin und dorthin und freuten sich an der reichen Pracht der Natur.

Marianne fühlte bis ins Innerste, wie Daniel sie anzog, wie ihr Herz flatterte und wie sich ein wunderschöner warmer Strom durch ihren ganzen Körper ergoss. Den Impuls, einfach seine Hand zu drücken, musste sie gewaltsam zurückhalten. Was würde er auch von mir denken, sagte sie sich, schon am dritten Tag der Bekanntschaft so einen Vorstoss zu wagen? Nein, ich muss mich beherrschen. Wenn ich nur wüsste, was er mir gegenüber fühlt! Schliesslich hielt sie es nicht mehr aus, so nahe bei ihm zu stehen und ihn doch nicht berühren zu können.

«Komm, wir gehen zurück», sagte sie bestimmt und wandte sich um.

Daniel war zunächst überrascht von ihrem abrupten Entschluss, aber dann folgte er ihr kommentarlos zum Dorf hinunter.

Marianne hatte seit drei Jahren im selben Haus, in das ihre Eltern erst vor wenigen Tagen eingezogen waren, eine Zweizimmerwohnung gemietet.

«Also dann», sagte sie leise, als sie vor dem Haus ankamen, «bis morgen wohl.»

«Ja, ich wünsche dir einen schönen Abend, und ich danke dir, dass du mir diesen schönen Flecken Erde gezeigt hast», erwiderte Daniel, fasste sie sanft bei den Schultern, drückte ihr einen angedeuteten Kuss auf die rechte Wange und entfernte sich, ohne ein weiteres Wort, mit langen Schritten.

Marianne blieb noch eine Weile stehen. Ihre Wange brannte lichterloh, aber ihr Herz war voller Zweifel. War das jetzt eine blosse Höflichkeitsgeste von ihm gewesen, oder steckte doch eine echte Zuneigung dahinter? Ach, wenn ich bloss mehr über ihn wüsste! Nein, versuchte sie sich zu beruhigen, es besteht überhaupt kein Grund zur Panik. Lass es einfach auf dich zukommen, bleib freundlich und aufmerksam ihm gegenüber, mehr kannst du im Moment nicht tun. Das Übrige wird das Schicksal entscheiden…

Donnerstag, 5. Juli

«Aha, sieh mal an!»

«Was ist denn?», rief Bruno Widmer vom Nachbarbüro her.

«Komm doch schnell herüber, Bruno!»

Sobald er da war, wies Veronika Steiger mit dem Zeigefinger auf einen vor ihr liegenden Ausdruck. «Das habe ich doch irgendwie vermutet!»

Bruno blickte sie verständnislos an. «Was denn nun genau?»

«Männer! So sind die Männer», stiess Veronika verächtlich aus. «Naturschutz! Ha! Ein toller Vorwand!»

«Ich verstehe nur Bahnhof, Veronika.»

«Sorry für mein Aufbrausen, Bruno», entschuldigte sich die Kommissarin, «das war auch nicht gegen dich gerichtet. Jetzt sieh dir das mal an. Unser PC-Spezialist hat Martin Fankhausers Computer natürlich knacken können. Und was lässt sich aus seinen, vermeintlich gelöschten, Dokumenten herauslesen? Fankhausers Opposition gegen die Überbauung dieser Sonnenrain-Wiese hatte keineswegs nur ideelle Motive. Seine angeblich grosse Sorge um die Natur und die Kooperation mit dem Naturschutzverein Thun waren mehr oder weniger vorgetäuschte Argumente, um sich selber zu bereichern…»

«Oh lala! Eine Art von Erpressung also?»

«Du sagst es. Fankhauser hatte mehrere Drohbriefe verfasst, sowohl an den Bauunternehmer Anderegg als auch an den Gemeindepräsidenten Ramseier.»

«Das heisst, er forderte Geld dafür, wenn er seine Einsprache zurückziehen würde?»

«Genau!»

«Und… weiss man, ob seine Forderungen erfüllt wurden?»

Veronika zuckte mit den Schultern. «Das kann ich aus den Dokumenten nicht herauslesen. Aber wir werden die Bewegungen auf seinen Bankkonten nochmals prüfen. Und wenn sich da nichts zeigt, werden wir, verdammt nochmal, sein Haus gründlich auf den Kopf stellen. Vielleicht liegt ja irgendwo ein dickes Geldcouvert herum?»

Bruno grinste. «Das wäre ja was! Aber sag mal, Veronika, wer hat denn bei solchen umstrittenen Bauprojekten überhaupt mitzureden? Wer entscheidet über diese Einsprachen? Weisst du da Bescheid?»

«Ungefähr schon, ja. Im konkreten Fall ging es ja um den Schutz der Natur. Da wird zunächst geprüft, ob das Objekt, also die betreffende Wiese, in einem der offiziellen Inventare von geschützten Naturobjekten enthalten ist. Falls ja, hat das Bauprojekt keine Chance, zumindest theoretisch nicht. Andernfalls wird das kantonale Amt für Landwirtschaft und Natur eine Stellungnahme erarbeiten. Diese ist zwar für die Gemeindebehörden, die das Baugesuch beurteilen, nicht bindend, bewirkt aber zumindest eine Verzögerung des Projektes. Und so eine Verzögerung kann für den Bauunternehmer kostspielig werden.»

«Alles klar! Es kommt diesen also unter Umständen billiger, den Einsprecher mit einer Zahlung ruhig zu stellen, als das Ergebnis der Einsprache abzuwarten?»

Veronika seufzte. «Ja, genau so sieht es aus. Übrigens hätte es auch umgekehrt laufen können. Statt dass der Einsprecher den Bauunternehmer erpresst, hätte genauso gut der Bauunternehmer den Einsprecher dazu bringen können, mittels einer Zahlung die Einsprache zurückzuziehen.»

«Was am Ende auf dasselbe herausläuft», bemerkte Bruno lakonisch, «jedenfalls müssen wir den Zaster finden!»

Veronikas Computer liess ein Pling hören. «Oh, eine E-Mail aus Italien», rief sie erfreut und las die Nachricht.

«Was, so schnell ging das?» frotzelte Bruno, «Ich hatte eigentlich erwartet, dass unsere italienischen Kollegen zunächst mal drei Wochen verstreichen lassen, bevor sie sich an die Arbeit machen…»

«Ganz so schlimm ist es heutzutage nicht mehr», lachte Veronika, «aber auch ich bin überrascht, wie prompt die Antwort aus

Italien gekommen ist.» Sie nahm einen Ausdruck zur Hand und las den übersetzten Text vor. «Frau Sabina Alessi, geboren 24.4.1973 in Palermo, wohnhaft seit einem Jahr in Catania, hat sich nachweislich in den vergangenen zwei Wochen nicht von Sizilien entfernt.»

«Fankhausers ehemalige Geliebte hat also definitiv nichts mit der Sache zu tun», sagte Bruno. «Nun denn, wenigstens *eine* Verdächtige, die wir definitiv ausschliessen können. Aber es bleiben ja noch genügend andere übrig…»

Marianne hatte darauf bestanden, einen halben Tag freizunehmen und die Patientin im Spital Thun zu besuchen. Daniel hatte zunächst gezögert, die Praxis einfach für ein paar Stunden zu schliessen, sich dann aber doch entschlossen, mitzukommen.

Heidi Fankhauser sass, halb aufgerichtet, im Spitalbett und las in einem Frauenmagazin. Ihr rechter Unterarm steckte in einem dicken Verband, und die rechte Schläfe war von einem Pflaster bedeckt. Als sie die Besucher erblickte, erschien ein Lächeln auf ihrem Gesicht, aber es erstarb sogleich wieder.

«Oh…», stöhnte sie leise auf und griff sich an die Schläfe, «das tut noch verdammt weh… Wisst ihr, hier…» Sie wies mit dem linken Zeigefinger auf ihren Kopf.

«Ach du Arme!», rief Marianne, beugte sich hinunter, umarmte Heidi ganz vorsichtig und küsste sie links und rechts auf die Wangen.

Heidi richtete sich noch etwas mehr auf. «Ist das lieb von euch, dass ihr mich besuchen kommt. Und sogar der Herr Doktor hat sich Zeit genommen…»

«Nichts von Herr Doktor», widersprach er, «ich bin der Daniel.»

Sie streckte ihm die linke Hand hin. «Danke, ich bin Heidi.»

«Und wie geht es dir jetzt?», fragte er weiter, «war der Arm tatsächlich gebrochen?»

«Ja, ich wurde gestern noch operiert. Den Bruch hat man mit zwei Schrauben fixiert, ich glaube, es ist alles gut gegangen. Aber eben…», sie verzog in Schmerzen das Gesicht, «eine leichte Hirnerschütterung kommt dazu.»

«Alles in allem hast du grosses Glück gehabt», warf Marianne ein, «ich darf gar nicht daran denken, was hätte passieren können, wenn ein Auto…»

«Bitte hör auf», bat Heidi resolut, «ich ertrage es nicht!»

«Entschuldigung…»

«Ja, diese Hirnerschütterung», unterbrach sie Daniel, «das muss man auf jeden Fall ernst nehmen. Du brauchst viel Ruhe in nächster Zeit, damit es richtig ausheilen kann.»

«Genau das hat mir der Spitalarzt auch gesagt. Aber etwas anderes macht mir zurzeit grössere Sorgen. Reichst du mir mal die Handtasche herüber, Marianne?»

Heidi kramte in der Tasche, zog einen Umschlag heraus und brachte ein mit rotem Stift beschriebenes Papier zum Vorschein. «Es ist nur eine Kopie», sagte sie beinahe entschuldigend, «das Original liegt natürlich bei der Kriminalpolizei.»

Marianne reagierte als erste. «Nein! Du wirst anonym bedroht? Aber weshalb denn nur?»

«Und jetzt denkst du… Dieser Unfall…?», hakte Daniel ein.

Heidi zuckte mit den Schultern. «Ich habe nicht die leiseste Ahnung, wer dahintersteckt. Aber natürlich bin ich sehr beunruhigt. Da kommt eine Drohung, und kurz darauf verunfalle ich schwer, das kann doch kein Zufall sein!»

Daniel nahm das Papier und studierte es sorgfältig. «Scheint ein ganz gewöhnlicher Filzschreiber zu sein. Und der Text wurde wohl mit Absicht in ungelenken Blockbuchstaben geschrieben. Dürfte für die Polizei schwierig werden, den Absender zu ermitteln.»

«Glaubst du etwa gar, es habe etwas mit Martins Tod zu tun?», fragte Marianne.

«Was denn sonst?», schnaubte Heidi, verzog aber sogleich wieder schmerzvoll ihr Gesicht. «*Heidi Fankhauser, bist du als nächste dran?* Diese Warnung dürfte wohl klar genug sein!»

«Aber wer sollte dir denn Böses wollen?», fragte Marianne ganz aufgeregt, «du hast doch niemandem etwas zuleide getan!»

«Das müsste man meinen, aber kann denn dieser Unfall ein blosser Zufall sein?»

Daniel erhob sich. «Grübeln hilft im Moment nichts, liebe Heidi. Wichtig ist jetzt einzig, dass du dich gut erholst und dass keine Nachwirkungen zurückbleiben. Alles andere muss die Polizei abklären. Leider muss ich mich jetzt verabschieden, meine Praxis ruft, du verstehst?»

«Dann komme ich auch mit zurück», sagte Marianne, «so leid es mir tut, dich allein im Spital zu lassen, Heidi.»

«Aber nein», widersprach diese, «ich bin ja hier bestens versorgt, und ich habe mich sehr über euren Besuch gefreut.»

Bruno Widmer hatte sich sicherheitshalber nochmals bei der Kantonalbank erkundigt. Auf Fankhausers Konten war in letzter Zeit keine ungewöhnlich grosse Zahlung eingegangen. Dann muss das Geld doch in seinem Haus sein, wenn überhaupt, dachte sich der Kommissar. Er fuhr auf dem schnellsten Weg nach Oberwil.

Zum zweiten Mal also öffnete er jetzt mit Martin Fankhausers Schlüssel die Tür zu dessen Wohnhaus. Doch dieses Mal würde er wenn nötig das Haus auf den Kopf stellen! Er streifte seine dünnen Plastikhandschuhe über und begann, systematisch die üblichen Verstecke durchzugehen. Erfahrungsgemäss wurden Schränke und Schubladen am häufigsten benutzt, um kleinere Gegenstände unauffällig zu verwahren. Und es dauerte keine zehn Minuten, bis Bruno bemerkte, dass mit der Höhe der drittuntersten Schublade im Kleiderschrank etwas nicht stimmen konnte. Er räumte den Berg von Socken weg und befühlte den Schubladenboden. Aha, da gab es einen doppelten Boden! Mit

Hilfe der Klinge seines Taschenmessers war die Abdeckung schnell entfernt, und hervor kam eine flache Kartonschachtel ohne Beschriftung. Brunos Herz klopfte wie wild. War es das?

Genussvoll, wie in Zeitlupe, hob er den Deckel an. Stapelweise Banknoten! Er legte die acht mit Gummibändern zusammengebundenen Bündel nebeneinander auf das Bett. Ob dieser Geldbetrag wirklich aus der Erpressung resultierte, würde man kaum beweisen können, aber es sprach doch vieles dafür. Bruno blätterte die Bündel durch. Es waren alles Hunderternoten. Er schätzte die Anzahl grob ab. Mindestens sechshundert Stück! Also sechzigtausend Franken oder mehr, murmelte er leise vor sich hin. Noch nie im Leben hatte er so viel Geld beisammen gesehen. Das war ja wesentlich mehr, als alle seine Konten bei der Bank zusammengezählt aufwiesen!

Bruno geriet ins Nachdenken. Und ganz plötzlich setzte sich eine Idee in seinem Kopf fest. Hatte ausser dem Toten überhaupt jemand gewusst, wie viel Geld hier gelagert wurde? Wohl kaum. Oder vielleicht Anna, seine Geliebte? Aber dann hätte sie das Geld doch bestimmt schon längst abgeholt! Also… Wenn er jetzt einen Teil ganz einfach in seine eigene Tasche abzweigte? Vielleicht die Hälfte? Dann würde es endlich reichen, um seinen alten Opel zu ersetzen, um sich eine neue Sitzgruppe zu leisten, und die Safari in Kenia, die er auch schon lange im Auge hatte, läge zusätzlich drin! Wenn er das Geld sofort bei sich zuhause versteckte, war doch das Risiko, erwischt zu werden, fast bei Null! Die restlichen dreissigtausend würde er als gefunden melden, da würde doch niemand Verdacht schöpfen!

Unschlüssig starrte er auf den Haufen Geld, der vor ihm lag. Er fühlte sich hin- und hergerissen, sein Kopf wurde siedend heiss, seine Hände eiskalt. Er kam sich vor wie in einem fieberhaften Traum. Sein Atem ging schwer. Was sollte er bloss jetzt tun? Im schlimmsten Fall seine ganze Karriere riskieren, nur um sich einen Traum zu erfüllen? Er merkte, dass ihn die grosse Gier gepackt hatte. Das Risiko war doch so winzig klein!

Plötzlich schreckte er auf. Ein Geräusch! Was konnte das sein, etwa ein Tier? Nein, die Haustür wurde geöffnet, obwohl er sie doch von innen abgeschlossen hatte! Wer besass noch einen Schlüssel zum Haus? Reflexartig warf er die Notenbündel wieder in die Schachtel und verstaute alles in seiner Bereitschaftstasche. Dann machte er sich absichtlich laut bemerkbar.

«Hallo, bitte nicht erschrecken! Ich bin es, Kommissar Widmer aus Bern!»

Und schon erschien Anna Ramseier im Türrahmen. «Haben Sie mich jetzt erschreckt, Herr Kommissar!»

«Das tut mir leid. Aber wissen Sie, wir müssen alles unternehmen, um eventuelle Indizien auf das Verbrechen zu finden. Deshalb habe ich hier im Haus nach weiteren Hinweisen gesucht. Wenn Sie mir noch fünf Minuten geben, dann bin ich fertig und verschwinde. Ist das in Ordnung so?»

«Machen Sie nur, machen Sie nur…»

Anna Ramseier hatte sich abgewandt und kämpfte offensichtlich mit den Tränen. Dann verliess sie den Raum. Bruno öffnete pro forma geräuschvoll noch einige Schubladen, packte dann seine Tasche, verliess das Haus und machte sich auf den Weg zurück nach Bern.

Sobald er im Wagen sass, realisierte er, dass der Spuk verflogen war. Erleichtert atmete er ein paarmal tief durch. Wie hatte er nur ernsthaft daran denken können, Geld zu veruntreuen? Nein, dies widersprach doch zutiefst all seinen Prinzipien! Er empfand eine tiefe Scham vor sich selber. Ein gedanklicher Ausrutscher war das gewesen, einer der ganz schlimmen Sorte! Zum Glück hatte ihn die Anna Ramseier noch rechtzeitig aus dem Zwiespalt herausgerissen!

Der kriminaltechnische Dienst hatte seine Räumlichkeiten im Untergeschoss. Veronika Steiger ging die drei Stockwerke zu Fuss hinunter. Ob wohl Pesche heute Dienst hatte? Der Kriminaltechniker Peter Oberer, genannt Pesche, und sie waren, vor gut zwanzig Jahren, am selben Tag in den Polizeidienst eingetreten und hatten sich auf Anhieb bestens verstanden. Veronika hätte sich auch sehr gut eine Liebesbeziehung mit ihm vorstellen können, bis ihr eines Tages klar wurde, dass er gar nicht auf Frauen stand. Ihrer Freundschaft hatte dies aber keinen Abbruch getan. Im Gegenteil, nach wie vor war Pesche der Mann, bei dem Veronika am wenigsten Hemmungen hatte, über ihre Ängste und Sorgen zu sprechen.

Wie immer stand Pesches Labortür weit offen. Veronika klopfte und trat gleich in den Raum.

«Oh, meine allerliebste Kollegin!», begrüsste er sie lachend, gab ihr einen freundschaftlichen Stups und liess sie am kleinen runden Tisch Platz nehmen. Aber plötzlich machte er ein ernstes Gesicht. «Ich weiss sehr wohl, was du erwartest, liebste Veronika. Ergebnisse, handfeste Indizien, die den Täter zweifelsfrei überführen. Genau das willst du von mir hören. Aber heute kann ich dir nicht damit dienen, so leid es mir tut.»

«Es ist ja nicht das erste Mal», brummte Veronika, ohne ihre Enttäuschung zu verbergen, «du hast also nichts gefunden.»

«Nein, trotz einer Heidenarbeit. Man rechne, würde jetzt mein alter Mathematiklehrer sagen: 35 Boote im Oberwiler Hafen, von jedem Boot fünf Klebstreifen, macht total 175 Proben, die einzeln unter dem Mikroskop zu begutachten sind…»

«Du brauchst gar nicht zu klagen, Pesche», erwiderte Veronika unwirsch. «Du machst deine Arbeit und ich die meine. Und wir machen sie beide gut! Natürlich ist es nicht deine Schuld, wenn du nichts findest. Aber meinen Frust verkleinert das nicht. Es ist also definitiv: Alle Boote im Oberwiler Hafen sind ohne Schmauchspuren?»

«Definitiv. Was aber nicht bedeutet, dass keine Schüsse abgegeben wurden. Jedes kleine Gewitter hätte die Spuren vernichten können.»

«Ja, leider», brummte Veronika. «Und das Fahrrad, das wir euch nach dem Unfall übergeben haben?»

Pesche schüttelte den Kopf. «Niente. Keinerlei Spuren einer Manipulation. Das Rad ist mindestens zwanzig Jahre alt, und das Bremskabel muss einfach altersschwach gewesen sein.»

«Mist!", rief Veronika ungehalten aus. «Alle Spuren führen ins Abseits!»

Mit einem Gefühl der Erschöpfung schloss Daniel Aebischer die Tür zu seiner Wohnung im Doktorhaus auf. Die ersten vier Tage als Hausarzt in Oberwil hatten ihn reichlich gefordert. Die vielen neuen Eindrücke, die Mordgeschichte, dieser schlimme Fahrradunfall, Marianne, Tanja und Laura… Die Energie, selber etwas zu kochen, war ihm vergangen. Seufzend inspizierte er seinen Kühlschrank und atmete erleichtert auf, als er im Tiefkühlfach eine Fertigpizza entdeckte. Diese in den Ofen schieben, zwanzig Minuten warten, und schon ist die Mahlzeit fertig, das war doch eine erhebende Perspektive! Er setzte sich auf den Balkon und blätterte in der Dorfzeitung, die jeden Donnerstag erschien und gratis an alle Haushalte verteilt wurde. Aber der Dorfklatsch, die Todesanzeigen und die Inserate vermochten ihn nicht zu fesseln. Seine Gedanken schweiften ab, zurück nach Bern, zu seinem Studium an der Uni, zu den Assistenzjahren im Krankenhaus. Zu Tanja… zu Marianne… zu Laura… Die drei Frauen flossen ineinander über, vermengten sich zu einer einzigen weiblichen Gestalt, wurden, als er schliesslich einnickte, zur reinen Sehnsucht nach dem anderen Geschlecht…

Das Läuten des Weckers riss ihn aus seinem Dösen heraus. Er juckte hoch und sauste in die Küche. War die Pizza etwa schon verbrannt? Ein Blick in den Ofen beruhigte ihn. Nein, sie sah absolut perfekt aus! Er nahm sie heraus und legte sie zum Abkühlen auf einen grossen Teller. Dann schnitt er einige Salatblätter, eine Karotte und drei Radieschen in eine kleine Schüssel und machte das Ganze mit Fertigsauce an. Mit seiner Mahlzeit setzte er sich vor den Fernseher und verfolgte während des Essens die Nachrichten. Aber auch das nur mit halber Aufmerksamkeit.

Irgendwie hatte er das unbestimmte Gefühl, gleich könnte etwas passieren…

Trotzdem zuckte er zusammen. als jetzt die Türglocke ging. Besuch um diese Zeit? Unwillig erhob er sich und ging öffnen.

«Du, Tanja? Was für eine Überraschung!»

Tanja hatte sich offensichtlich für ihn schön gemacht. Die rosarote Bluse, der weinrote Jupe, die purpurroten Pumps, die locker in Wellen auf die Schultern fallenden Haare, die geschminkte Augenpartie, der rotviolette Lippenstift… Daniel musste sich eingestehen, Tanja sah einfach umwerfend aus, wie sie da vor ihm im Türrahmen stand und ihn anlächelte!

«Nun, ehm… Komm doch herein.»

«Verzeih mir, Daniel, dass ich hier einfach so unangemeldet aufkreuze. Du weisst, dass dies sonst überhaupt nicht meine Art ist. Aber irgendwie… « Sie blickte verlegen zur Seite. «Ehrlich gesagt, ich habe dich wahnsinnig vermisst.»

Sie blickte ihn zögernd an, trat dann plötzlich einen Schritt näher, fasste ihn bei den Schultern und küsste ihn auf den Mund.

«Dann darf ich also deine neue Wohnung besichtigen?», fragte sie leise.

«Natürlich, willkommen…»

Daniel fühlte sich total überrumpelt. Was wollte Tanja eigentlich? Ihn einfach sehen? Oder ihn gar verführen? Sie gingen von Zimmer zu Zimmer.

«Schön, sehr schön», lobte Tanja mehrmals.

«Würde es dir denn gefallen, hier zu… ich meine, hier zu wohnen?», sagte Daniel ohne jede Überlegung. Und schon bereute er seine spontane Frage!

«Ach, Daniel», sagte sie und drückte seine Hände, «so einfach ist es nicht. Natürlich würde es mir hier gefallen, vor allem mit dir zusammen… Aber sieh mal, meine Weiterbildung ist mir so wichtig, und ich kann unmöglich so weit weg vom Kinderspital wohnen. Begreifst du das?»

Daniel befreite seine Hände aus den ihren. «Klar begreife ich das. Aber haben wir dies alles nicht schon ausführlich miteinander besprochen? Und haben wir uns nicht auf eine gewisse Zeit der Trennung geeinigt? Ein längeres Timeout?»

Tanja wandte sich ab und blickte zum Fenster hinaus. «Das mag ja alles stimmen. Aber Daniel, ich liebe dich doch, ich vermisse dich schon jetzt so sehr!»

Grosse Tränen liefen ihr die Wangen hinunter. «Und... weisst du, ich wünsche mir doch Kinder. Und zwar von dir, nicht von irgendeinem Kerl. Und nicht erst in sieben Jahren!»

Daniel spürte, wie ihm der Schweiss aus allen Poren trat. Was sollte er bloss darauf antworten?

Doch sie nahm ihm die Entscheidung ab. Sein Zögern war mehr als deutlich gewesen, und ihr war klar geworden, dass ihr Besuch nicht wirklich willkommen war, und dass sie im Moment keine Chance hatte, ihn zurückzugewinnen.

«Schade, sehr schade», sagte sie leise, «also dann, mach's gut.» Sie drückte ihm einen kurzen Kuss auf die Lippen und verliess eilig die Wohnung.

Daniel blieb konsterniert zurück. Tanja hatte ihm unmissverständlich ihre fortdauernde Liebe erklärt. Und er? Er fühlte sich hin und hergerissen. Noch gestern war er überzeugt gewesen, sich unwiderruflich in Marianne verliebt zu haben. Und er war sich ganz sicher, dass auch sie in ihn verliebt war. Aber heute? Tanjas Erscheinen, ihr Lächeln, ihre Worte, all dies hatte wieder Zweifel in ihm gesät. Welchem Ruf sollte er folgen? Nein, sagte er sich, so schnell kann und darf ich mich nicht entscheiden. Ich muss Geduld haben, die Gefühle in mir reifen lassen. Irgendwann werde ich klarer sehen! Doch auf einmal sah er wieder die attraktive Laura, wie sie vor ihm im Sprechzimmer stand, sich schamlos präsentierte und sich ihm beinahe an den Hals warf. Ein Schamgefühl überflutete ihn, als er sich vergegenwärtigte, wie stark er als Mann auf Lauras Annäherungsversuche reagiert hatte und wie wenig gefehlt hätte, bis... Bin ich wirklich so anfällig auf bloss äussere weibliche Reize, fragte er sich erschrocken. Ja und nochmals ja, musste er widerstrebend zugeben. Basta, definitiv basta, sagte er sich. Ab jetzt schalte ich den Kopf ein, bevor ich auf frauliche Attribute anspringe! Na ja, das ist zumindest ein gut gemeinter Vorsatz, sagte er sich…

«Ich bin äusserst dankbar, Silvia, dass ich heute mit dir zu Abend essen darf.»

Bernhard von Graffenried machte eine kleine Verbeugung und setzte sich Silvia gegenüber. Er trug über dem weissen Hemd ein dunkelgraues Jackett und hatte eine silberfarbene Krawatte umgebunden.

Auch Silvia hatte sich noch ein wenig mehr als üblich herausgeputzt. Ihre Augen strahlten, als ihr Bernhard jetzt galant die Hand küsste. «Auch ich freue mich, mit einem so höflichen und wohlerzogenen Herrn zusammen speisen zu dürfen», sagte sie voller Ernst. Aber plötzlich brach sie in Lachen aus. «Was erzähle ich da für einen altmodischen Stuss, lieber Bernhard! Sind wir denn noch im vorletzten Jahrhundert?»

Bernhard zuckte kurz zurück, stimmte aber bald in das Gelächter ein. «Ja, liebe Silvia, wie recht du doch hast! So furchtbar alt sind wir nun auch wieder nicht. Trotzdem, ein gewisses Mass an Höflichkeit, an Respekt, an Zurückhaltung einer schönen Frau gegenüber… das finde ich immer noch absolut angemessen…»

Silvia drückte Bernhards Hände. «Oh ja, ein ganz klein wenig von gestern dürfen wir sein, nicht wahr? Sonst wäre doch auch die ganze Romantik hin und weg… Ach, ist das schön mit dir zusammen…»

«Meine Dame, mein Herr, haben Sie schon gewählt?»

Erschrocken sahen die beiden zum Kellner auf. Hatte er etwa ihr Geturtel mitbekommen?

«Ehm… Nein», sagte Bernhard gepresst, «wir müssen zuerst noch das Menu studieren…»

«Bitte sehr, lassen Sie sich ruhig Zeit», erwiderte der Kellner und entfernte sich diskret.

«Oh je, wie peinlich!», flüsterte Silvia, «wir zwei alten Leute flirten hemmungslos, und das Personal amüsiert sich womöglich darüber und tratscht hinter unserem Rücken…»

«Ach, lass doch die Leute denken und sagen, was sie wollen», erwiderte Bernhard, «es geht doch nur um uns zwei, nicht wahr?»

Silvia lächelte ihm zu. «Nun ja… Aber ein wenig altmodisch bin ich eben schon. Doch lass uns jetzt das Essen auswählen. Magst du mir das Menu vorlesen?»

«Sehr gerne», sagte Bernhard und nahm die Speisekarte zur Hand. «Also zur Vorspeise dürfen wir uns entscheiden zwischen Ricotta-Ravioli und Rauchlachs…»

«Ich nehme natürlich den Lachs», fuhr Silvia dazwischen.

«Gut, dann wähle ich die Ravioli, und wir vergleichen, was besser schmeckt! Als zweite Vorspeise gibt es entweder Pastinaken-Suppe oder gemischten Salat…»

«Klar für den Salat!»

«Wie du willst, ich nehme gerne die Suppe. Und als Hauptgang… da haben wir sogar drei Alternativen: Ein Kalbsfilet mit Reis und grünen Bohnen, ein Felchenfilet aus dem Thunersee mit Salzkartoffeln und Broccoli, oder dann, vegetarisch, ein Linsen-Curry mit Reis und Gemüsebouquet.»

Silvia verwarf die Hände. «Pah! Wegen Linsen fahre ich doch nicht ins Niesenblick! Der Fisch aus dem See muss es sein!»

Bernhard lachte. «Nimm du den nur! Ich bin nicht so der Fischliebhaber, mein Herz schlägt eher für das Kalbsfilet.»

«Na also», erwiderte Silvia fröhlich und winkte energisch nach der Bedienung. «Wir sind bereit zur Bestellung!», rief sie quer durch den Saal hindurch.

Bernhard zuckte zusammen. Wie forsch doch Silvia sein konnte!

Der Kellner eilte herbei und notierte die Menu-Wünsche. «Und was wünschen Sie zu trinken, meine Dame, mein Herr?»

«Oh je!», erwiderte Bernhard, «das haben wir ja vollkommen vergessen.»

Silvia reagierte ganz routiniert. «Für mich ist es klar. Ich nehme einen Weissen vom Bielersee. Haben sie noch vom Twanner?»

«Selbstverständlich, Madame von Fellenberg! Einen Dreier wie immer?»

«Gerne. Und zum Apero nehme ich einen Cynar mit Eis.»

«Sehr wohl, Madame. Und der Herr von Graffenried?»

Bernhard studierte immer noch angestrengt die Weinkarte. «Ehm… Ich schwanke noch zwischen dem Primitivo aus Sizilien und dem Syrah aus Spanien.»

Der Kellner machte gekonnt eine winzige Verbeugung. «Nun, Sie haben die Ravioli, die Suppe und das Kalbsfilet gewählt. Da würde ich persönlich den Syrah vorziehen.»

«Natürlich, alles klar», erwiderte Bernhard, sichtlich erleichtert, «dann bringen Sie mir auch einen Dreier.»

«Aber du nimmst doch auch einen Apero?», wandte Silvia jetzt ein.

«Ach ja, zum Apero… Einen Pernod bitte, aber pur, nur mit etwas Eis.»

«Sehr wohl, ein Pernod pur», notierte der Kellner und entfernte sich mit raschen Schritten.

«Also dann, zum Wohl», sagte Bernhard, als der Apero serviert war, und sie stiessen mit den Gläsern an. «Ich darf dir sagen, liebe Silvia, auch wenn das Hotel perfekt ist, der Aufenthalt hier ist in so netter Gesellschaft wie mit dir gerade doppelt so schön.»

«Danke für das Kompliment, Bernhard, aber das reicht für den Moment. Wenden wir uns lieber dem Essen zu.» Sie hatte von ihrem Platz aus den Kellner mit den Vorspeisen herankommen sehen.

«Entschuldige, Silvia, ich bin nicht einer, der zum Übertreiben neigt, ich habe das Kompliment einfach ernst gemeint.»

«Ist schon recht. Also dann, guten Appetit!»

«Oh, diese Ravioli sind ganz exzellent», bemerkte Bernhard nach den ersten Bissen. «Würzig, aber nicht versalzen, und die Steinpilzsauce von traumhaftem Aroma.»

«Na gut, dann geniesse sie», lächelte Silvia ihm zu, «aber versuch doch mal meinen Lachs. Einfach himmlisch, sage ich dir. Man riecht förmlich das offene Meer...»

Sie spiesste ein kleines Stück auf die Gabel und hielt sie ihm vor den Mund.

«Oh... Einfach so?», zögerte er. «Darf ich das?»

«Stell dich doch nicht so an», lachte Silvia. «Ich weiss es wohl: Wir sind hier in einem Fünfsterne-Hotel, und wir sind auch nicht mehr blutjung, aber wenn uns danach ist, uns wie Teenager zu fühlen und zu benehmen, warum denn eigentlich nicht?»

Bernhard war kurz irritiert. Was für eine selbstbewusste, direkte Frau hatte er hier nur getroffen! Sie überraschte ihn von Stunde zu Stunde neu, und er wurde zunehmend unsicher. Wollte er wirklich so eine Frau? Andererseits, wenn er ihr in die blauen, sorgfältig geschminkten Augen blickte, da schmolz er förmlich dahin...

Schliesslich überwand er sich und nahm das Stückchen Lachs von Silvias Gabel auf. «Du hast recht, wirklich himmlisch», bestätigte er.

Das Abendessen zog sich Gang um Gang in die Länge, Silvia und Bernhard unterhielten sich angeregt, scherzten und lachten, während ein kleiner Amor hinter dem Vorhang lauerte und Pfeil um Pfeil abschoss... Aber er zielte noch nicht wirklich direkt ins Herz. Genüsslich schoss er immer knapp daran vorbei, um seinen Spass am Zusammenfinden zweier Herzen in die Länge zu ziehen. Zwar fassten sich Bernhard und Silvia während des Essens immer wieder die Hände, lächelten einander zu und staunten über manchen beinahe zeitgleich vorgebrachten Gedanken. Trotzdem, so vertraut waren sie noch nicht miteinander, dass sie schon an eine dauerhafte Beziehung glaubten. Jetzt, im Augenblick, zählte nur, einander im Gespräch besser kennenzulernen.

«Was machst du denn sonst so das ganze Jahr über?», fragte Bernhard, während sie den Kaffee tranken und dazu vom hausgemachten Konfekt naschten.

Silvia tupfte sich mit der Serviette die Lippen ab. «Weisst du, mir wird kaum je langweilig! Ich pflege, zusammen mit einer Hilfe, Haus und Garten, ich lese viele Bücher, ich besuche bestimmt einmal jede Woche ein Konzert, und dann bin ich noch in mehreren gemeinnützigen Organisationen ehrenamtlich tätig.»

«Das gefällt mir sehr, dass du so ein ausgefülltes Leben hast, Silvia! Auch ich unternehme recht viel, und Lesen gehört zu meinen Hauptinteressen. Trotzdem… ich habe nicht selten das Gefühl, meine viele Zeit nicht richtig und sinnvoll ausfüllen zu können. In solchen Augenblicken fühle ich mich dann sehr einsam.»

Silvia nickte versonnen. «Das kenne ich selber auch. Immer wieder gibt es Momente, wo ich wünschte, einen Menschen zu haben, den ich jederzeit anrufen kann und vor dem ich keine Geheimnisse haben muss. Ja, das Alter hat nicht nur schöne Seiten… Aber versteh mich bitte richtig, Bernhard. Ich bin ja äusserst privilegiert, weder Geldsorgen noch ernsthafte gesundheitliche Probleme plagen mich. Aber die echten und tiefen menschlichen Beziehungen, die sind eben genauso lebenswichtig.»

«Das hast du sehr schön gesagt, Silvia: Jemand, den man jederzeit anrufen kann und vor dem man keine Geheimnisse haben muss. Ja, das wünschte ich mir auch aus vollem Herzen. Vielleicht wird es ja bald wahr…?»

Silvia antwortete nicht. Stattdessen erhob sie sich vom Tisch. «So, mein geschätzter Freund, für mich ist es Zeit zum Rückzug. Ich werde in meinem Zimmer noch ein wenig lesen, an unseren schönen Abend zurückdenken und dann hoffentlich rasch einschlafen.»

Auch Bernhard stand auf und reichte Silvia seinen Arm. Gemessenen Schrittes verliessen sie den Speisesaal, durchquerten die Vorhalle und stiegen in die erste Etage hoch.

Der Augenblick des Abschieds war gekommen. Silvia hatte schon längst beschlossen, diesen heiklen Moment kurz und schmerzlos hinter sich zu bringen. Sie fasste Bernhard an beiden Schultern, drückte ihn ganz kurz an sich und gab ihm einen Kuss auf die rechte Wange. «Gute Nacht, und dann bis morgen!»

Sie machte sich los und eilte, ohne sich nochmals umzublicken, zu ihrem Zimmer.

Bernhard blieb noch eine Weile nachdenklich stehen. Was für eine aussergewöhnliche Frau, seufzte er, eine echte Herausforderung für mich. Aber ich bleibe aus vollem Herzen dran!

Freitag, 6. Juli

Veronika Steiger hatte im Büro nur kurz ihre Mailbox gecheckt und war dann nach Oberwil gefahren. Den Bauunternehmer Anderegg traf sie allein zuhause an.

«Ihr Kollege hat mich doch schon befragt», sagte dieser zunächst erstaunt, liess die Besucherin dann aber ohne weitere Umstände eintreten und am Küchentisch Platz nehmen.

«Herr Anderegg», begann die Kommissarin und präsentierte ihre grimmigste Miene, «ich muss schon sagen, ein wirklich seriöser Unternehmer würde das nicht machen.»

Veronika war sich klar darüber, dass ihre Argumentation pure Spekulation war. Ja, man hatte das Bargeld in Fankhausers Wohnung gefunden, und ja, man hatte auf seinem Computer Drohbriefe entdeckt. Aber bewiesen war damit noch gar nichts. Sie musste letztlich den Verdächtigen auf gut Glück provozieren.

«Ehm… Ich weiss nicht, was Sie meinen», erwiderte Hans Anderegg ganz neutral.

«So, Sie verstehen noch nicht? Dann erkläre ich es Ihnen gerne. Martin Fankhauser hatte sich ja vehement gegen diese Überbauung am Sonnenrain gewehrt und damit das Projekt verzögert und verteuert. Irgendwann hat er Ihnen aber angeboten, gegen eine angemessene finanzielle Entschädigung seine Einsprachen zurückzuziehen. Korrekt?»

«Nun… es ist so…»

«Also wie auch immer», übernahm die Kommissarin wieder das Wort, «jedenfalls haben Sie, Herr Bauunternehmer Anderegg, diesem Querulanten Fankhauser eine grosszügige Summe in bar übergeben, um damit Ihrem Projekt den nötigen Schub zu verleihen. War es nicht so?»

Anderegg schaute abwechselnd zu Boden und zum Fenster hinaus. «Woher wollen Sie denn das wissen?»

«Aber Herr Anderegg, sind Sie so naiv oder tun Sie nur so? In Fankhausers Computer haben wir den Entwurf des

Erpresserbriefes gefunden, und in seinem Kleiderschrank hatte er eine erstaunliche Summe in bar versteckt. Genügt das etwa nicht?»

Jetzt war Veronika sich ihrer Sache ganz sicher!

Anderegg seufzte vernehmlich. «Nun denn... Die Polizei ist doch nicht so dumm, wie man gemeinhin denkt... Ja, ich gebe es zu, ich habe seine blödsinnige Einsprache mit einer Entschädigung abgegolten. Mag sein, dass dies im Sinne des Gesetzes nicht vollkommen legal war, aber in der Sache war es durchaus angebracht. Jedenfalls war diese Entschädigung weitaus kleiner als mein potentieller Verlust durch Fankhausers Einsprache.»

Veronika Steiger nickte. «Gut, das kann ich nachvollziehen. Im Prinzip könnte diese Zahlung den Polizeibehörden vollkommen schnuppe sein und als rein privater Deal gelten... Wenn nicht jemand diesen Fankhauser ermordet hätte...»

Hans Anderegg schaute erschrocken auf. «Sie denken tatsächlich immer noch, ich hätte ihn umgebracht? Wegen dieser lächerlichen Einsprache und den kleinen Unkosten? Also bitte!»

«Ich habe das nicht behauptet, aber irgendjemand muss es schliesslich getan haben.»

«Fragen Sie doch mal Martins Geschwister! Dieser Streit um Fankhausers Elternhaus tobt jedenfalls schon lange genug...»

«Das wissen wir bereits, Herr Anderegg. Aber ist vielleicht dies ein Grund, jemanden zu ermorden?»

Anderegg zuckte nur mit den Schultern.

Mit ambivalenten Gefühlen fuhr Veronika zurück nach Bern. Was hatte sie eigentlich erreicht mit ihren Befragungen? Sehr wenig, musste sie sich eingestehen. Eigentlich war doch nach wie vor alles offen im Fall Fankhauser. Überall biss sie sozusagen auf Granit, nirgends waren wirklich harte Indizien in Sicht. Wo sollte sie nur weiter nachbohren? Irgendwie ging ihr dieser Adrian Winiger nicht aus dem Kopf. Ja, er war klar der Haupt-verdächtige! Und jetzt kamen noch diese beiden anonyme Drohbriefe ins

Spiel, und kurz darauf der Unfall der einen Bedrohten! Was soll das, und wo liegt die Logik? Will sich jemand nicht nur an Martin, sondern auch an seinen Geschwistern rächen? Etwa die ganze Familie auslöschen? Zwei Tote, oder gar drei, das können wir definitiv nicht brauchen, wir müssen alles unternehmen, um weitere Morde zu verhindern! Aber wie bloss? Aber wer könnte sich rächen wollen? Sind wir eigentlich blind? Wo ist der Wald, den wir vor lauter Bäumen nicht sehen?

Daniel Aebischers Gesichtszüge waren zu Stein geworden. Das Blatt Papier zitterte leicht in seinen Händen, und die Zahlen verschwammen vor seinen Augen. Verzweifelt versuchte er, sich an einen letzten Strohhalm zu klammern. War vielleicht im Labor ein Fehler passiert? Eine Verwechslung der Person? Oder hatte jemand die Ergebnisse falsch in die Tabelle eingetragen? Ach, wenn es doch nur so wäre! Daniel studierte die Tabellenwerte jetzt zum dritten Mal. Katharinas Gesicht tauchte vor ihm auf. Wie um Himmels Willen soll ich es ihr beibringen? Und Konrad? Und Marianne? Wie verzweifelt werden sie es aufnehmen? Was für schreckliche Vorwürfe wird Konrad sich machen, ihre Beschwerden nicht genügend ernst genommen zu haben?

Daniel legte das Papier auf den Schreibtisch, erhob sich und tigerte unruhig im Praxisraum hin und her. In einer derart schwierigen Situation hatte er sich, in seiner noch jungen Karriere als Arzt, noch nie befunden. Sollte er sich vielleicht in der Onkologie am Inselspital Bern fachmännischen Rat holen, wie er mit der Situation umgehen könnte? Ja, entschied er, diese Herausforderung kann ich nicht allein meistern! Gerade auch, weil es sich um meine – wer weiss? – zukünftige Schwiegermutter handelt. Ich muss ihr irgendwann, nein, sehr bald, persönlich gegenübertreten und ihr, so schwer es mir fällt, die ungeschminkte Wahrheit eröffnen!

«Ich habe immer noch Angst!» Heidi Fankhauser liess sich auf ihr Kissen im Spitalbett zurückfallen und begann zu schluchzen. «Ich bin ganz sicher, dass mich jemand umbringen wollte! Und er wird es nochmals und nochmals versuchen! Wer ist es denn, verflucht nochmal, der mir schaden will, Kurt? Was für ein Horror!»

Kurt strich Heidi liebevoll über die Haare. Zum Glück hatte er sich beherrscht und ihr nichts von dem Drohbrief erzählt, den er selber bekommen hatte. Aber er hielt es fast nicht aus, noch länger zu schweigen. Wie gerne hätte er sich jetzt seiner Frau anvertraut! Wem sonst sollte er denn von seinen eigenen Ängsten erzählen?

«Auch ich habe nicht die kleinste Ahnung, wer dahintersteckt», sagte er jetzt ausweichend. Aber die Erinnerung an diese Martha geisterte ihm nach wie vor im Kopf herum. Was wohl Heidi zu seiner Idee sagen würde? Ganz bestimmt erinnerte sie sich sehr gut an Martha. Sie waren schliesslich in dieselbe Schulklasse gegangen. Aber er nahm sich zusammen und sagte kein Wort zu diesem Thema. Stattdessen begleitete er Heidi in die Cafeteria des Spitals. Sie tranken zusammen einen Kaffee und schafften es schliesslich doch noch, einigermassen entspannt über alle möglichen Belanglosigkeiten des Alltags zu plaudern.

«Guten Tag. Könnte ich wohl mit Kriminalkommissarin Steiger sprechen?»

Die Dame am Empfang hob ihren Blick vom Bildschirm und taxierte automatisch den Mann, der vor ihr stand. Etwas über vierzig, schätzte sie, kräftige Postur, eine Spur zu viel Bauchfett, passabel gekleidet, aber nachlässig frisiert. Sein hellblaues Hemd zeigte ausgedehnte Schweissflecken, aber das war bei dieser Hitze draussen auch kaum zu vermeiden.

«Guten Tag», antwortete die gebürtige Deutsche und blickte dann absichtlich wieder eine ganze Weile auf den Bildschirm. Das war ihr kleines Machtspiel, das sie mit jedem unbekannten

Besucher durchzog. Sollte nur keiner denken, man hätte hier ausgerechnet auf ihn gewartet! Man hatte gefälligst als Bittsteller ins Kommissariat zu kommen, und sie, Helga König, war die erste Hürde auf diesem Weg! Und wenn ein Besucher dabei ungeduldig wurde oder ihr gar frech kam - Oh! Da war er aber an die Falsche geraten! Dann konnte es passieren, dass Helga König sich ruckartig erhob, den Besucher mit einem scharfen Blick aus ihren dunklen Augen fixierte, mit dem Zeigefinger auf die entfernteste Ecke der Eingangshalle wies und dabei in bissigem Stakkato sagte: «Nehmen Sie dort hinten Platz. Man wird Sie zu gegebener Zeit aufrufen.» Und wenn der Betreffende auch diesen Wink nicht kapierte und stur vor ihr stehenblieb oder sich gar beschwerte - Oh! Dann wusste Helga König auch noch andere Saiten aufzuziehen! Sie nahm dann den Telefonhörer zur Hand, wählte zum Schein eine Nummer und führte ein imaginäres Gespräch mit ihrem Vorgesetzten. Dabei sprach sie von Festnehmen, von Handschellen, von vorsorglicher Haft… Und schon verwandelte sich der renitente Kunde, wie durch ein Wunder, in einen braven, obrigkeitsgläubigen Bürger…

Aber jetzt war so ein Theater nicht nötig. Der Besucher wartete ganz geduldig und brav, bis Helga König sich bequemte, wieder vom Bildschirm aufzusehen. «Kommissarin Steiger, sagten Sie? In welcher Angelegenheit? Und wer sind Sie?»

Der Mann war offensichtlich nervös. «Ehm… Es geht um diesen Mord auf dem See… Dieser Fankhauser… Oh, Verzeihung, ich habe mich nicht vorgestellt. Moritz Wagner aus Thun.»

«So, aus Thun. Und Sie sind extra deswegen zu uns nach Bern gekommen?»

«Ja, mit dem Zug. Ehm… Ich dachte, es könnte vielleicht wichtig sein.»

«Ja, wer weiss?» Helga König nahm den Telefonhörer zur Hand und tippte eine Nummer ein. «Hallo Veronika, hier Helga. Ein Herr Wagner will dich zum Fankhauser-Mord sprechen … Okay, ich schick ihn hoch.»

«Sie haben Glück, Herr Wagner», sagte sie, jetzt richtig freundlich, «die Kommissarin kann Sie sofort empfangen. Erste Etage, Büro 124.»

«Danke», murmelte Wagner, stieg die Treppe hoch und klopfte an die Tür Nummer 124. Keine drei Sekunden später wurde die Tür geöffnet.

«Veronika Steiger», stellte sich die Kommissarin vor und liess den Besucher Platz nehmen. «Ja, Herr Wagner, was ist Ihr Anliegen?»

Der Mann wand sich auf dem Stuhl hin und her. Warum war er bloss so nervös?

«Nun, ich möchte... ehm... eine Beobachtung melden. Also... ich hätte einen Hinweis im Fall Martin Fankhauser...»

«Bitte sprechen Sie ganz ruhig weiter, es wird Ihnen garantiert nichts passieren. Alles bleibt streng vertraulich.»

«Ja... Es geht um Adrian Winiger... wie ich aus Thun...»

«Und was ist mit diesem Mann?» Veronika Steiger gab vor, als sagte ihr der Name nichts.

«Wissen Sie, wir sind schon zusammen zur Schule gegangen und haben uns auch nachher nie aus den Augen verloren. Thun ist ja ein richtiges Provinzstädtchen, da läuft man sich ständig über den Weg...»

«Und was bringt Ihren Kollegen, diesen... ehm... Adrian Winiger in Zusammenhang mit dem Mord an Martin Fankhauser?», unterbrach sie ihn ungeduldig. Sie merkte, dass der Mann schwer atmete. War er unsicher geworden? Musste er sich zwingen zu reden? Würde er im letzten Moment einen Rückzieher machen? Nein, er sprach weiter, wenn auch immer noch stockend.

«Ehm... Ich möchte Adrian ja nicht anschwärzen. Auf gar keinen Fall, das ist sonst überhaupt nicht meine Art. Aber es geht hier immerhin um einen Mord, und die Sache geht mir einfach nicht aus dem Kopf...»

«Welche Sache?»

«Nun, ich besitze ein kleines Motorboot auf dem Thunersee. Und ab und zu nehme ich Adrian auf eine Rundfahrt oder zum Fischen mit. Er weiss also, wie das Boot funktioniert und wo der Schlüssel versteckt ist… Und in der Presse hat es geheissen, der Fankhauser sei am Sonntag früh auf dem See draussen erschossen worden.»

«Und jetzt?»

«Ja, sehen Sie, am Sonntagmorgen war ich früh wach und beschloss spontan, ein wenig auf den See zu fahren… Aber als ich beim Steg am Bootshafen Thun ankam, war mein Boot weg…»

«Oh! Und Sie vermuten also, dieser Adrian Winiger könnte es entwendet haben?»

«Sicher kann ich nicht sein. Aber wer sonst sollte es genommen haben? Ich bin alleinstehend, und es gibt ausser Adrian niemanden, der das Schlüsselversteck im Bootshaus kennt.»

«Was haben Sie dann gemacht, als Sie merkten, dass das Boot weg war?»

«Nun, ich habe zunächst mit meinem Fernglas Ausschau gehalten, konnte es aber nicht entdecken. Dann bin ich zu Fuss nachhause gegangen – es sind ja nur zehn Minuten Weg – habe gefrühstückt und ging später nochmals zum See hinunter…»

«Und da lag das Boot wieder friedlich an seinem Platz?»

«Woher wissen Sie…? Ja, es war tatsächlich so.»

Die Kommissarin zog ein Papiertaschentuch hervor und wischte sich den Schweiss von der Stirn. War das eine Affenhitze heute! Sie packte das Telefon und stellte eine Nummer ein. «Hallo Ines, hier Veronika. Hat jemand von euch heute noch Zeit? … In Thun… Ja, am besten gleich jetzt… Der Mann wartet am Empfang… Danke!»

Die Kommissarin wandte sich wieder ihrem Besucher zu. «Herr Wagner, ich danke Ihnen für den wertvollen Hinweis. Falls Sie nichts dagegen haben, dürfen Sie gleich mit den Kollegen unseres Spurensicherungsdienstes nach Thun zurückfahren. Wenn Sie ihnen Ihr Boot zeigen, können gleich die notwendigen

Ermittlungen vorgenommen werden. Sind Sie damit einverstanden?»

Wagner nickte bloss.

«Ich lasse Sie gleich abholen», sagte die Kommissarin.

Nachdem man Moritz Wagner hinausbegleitet hatte, erhob sich Veronika, holte ihren kleinen Wasserkocher aus dem Schrank, machte sich einen Grüntee und liess ihn etwas abkühlen, während sie zur Toilette ging. Danach trank sie die aromatische, leicht herbe Flüssigkeit in kleinen Schlucken und überlegte hin und her. Was konnten sie auf diesem Boot finden? Spuren von Adrian Winiger bedeuteten in diesem Fall leider gar nichts! Aber eventuelle Schmauchspuren wären schon verräterisch! Veronika kam sich vor wie auf Eiern. Hatten sie jetzt endlich den Schlüssel gefunden?

Samstag, 7. Juli

Es war der erste Tag der sechswöchigen Sommer-Schulferien. Trotzdem war die zwölfjährige Selina aus Oberwil freiwillig schon um fünf Uhr früh aufgestanden. Seit zwei Jahren war sie begeistertes Mitglied beim Jugendnaturschutz Thun und verpasste kaum jemals eine Exkursion. Jedes Mal gab es unglaublich viel Spannendes zu erleben und zu beobachten: Alle Arten von Vögeln, aber auch Biber, Amphibien, Reptilien, Blumen… und diese Beobachtungen mit anderen Jugendlichen zu teilen, machte das Erlebnis gerade doppelt so schön.

Heute hatte Elisabeth Christen, die Leiterin der Jugendgruppe, eine Exkursion am Seeufer angesagt. Selina stieg voller gespannter Erwartung in den ersten Postautokurs nach Thun. An diesem warmen Sommermorgen würde es bestimmt viel Spannendes zu sehen geben. Am Bahnhof Thun versammelte sich die Jugendgruppe, rund ein Dutzend Jungen und Mädchen. Sie fuhren mit dem Bus nach Gwatt und spazierten dann, unter Elisabeths Leitung, zum *Gwattlischemoos*, einer ausgedehnten Riedfläche am Ufer des Thunersees. Vom Gwatter Kirchturm schlug es sieben Uhr, als sie im Moos ankamen.

Die Sonne war soeben hinter den Bergen jenseits des Sees aufgegangen und liess die hochgewachsenen Schilfhalme am Ufer in einem zauberhaften gelblichen Licht aufleuchten. Dahinter schimmerte in einem grünlichgrauen Ton die beinahe spiegelglatte Wasserfläche. Das morgendliche Vogelkonzert war zwar nicht mehr so intensiv wie im Frühling, zu Beginn der Brutzeit, aber immer noch waren verschiedene Gesänge aus allen Richtungen zu hören. Die Jugendlichen waren von der friedvollen Stimmung dieses Sommermorgens fasziniert, hielten ihre Ferngläser vor den Augen und sprachen nur wenig und beinahe flüsternd miteinander.

Immer wieder wies Elisabeth, die Leiterin und Vogelkennerin, mit dem Arm in eine bestimmte Richtung und fragte nach dem

Namen des Vogels, der dort zu sehen oder manchmal auch nur zu hören war.

«Ja, richtig, dort rechts sitzt eine Rohrammer auf dem Schilfhalm», lobte sie.

Oder sie korrigierte. «Nein, da links singt kein Teichrohrsänger, das ist ein Sumpfrohrsänger. Achtet euch mal darauf: Der Teichrohrsänger singt ziemlich monoton, fast wie ein *Rapper*, während der Sumpfrohrsänger intensiv spottet, also andere Vogelstimmen nachmacht und daher viel abwechslungsreicher klingt.»

«Oh! Seht dort hinten, da fliegt ein Kuckuck! Und schaut mal dort! Ein Grauschnäpper auf der Sitzwarte. Diese beiden Arten sind leider bei uns sehr selten geworden. Man weiss nicht ganz genau warum, aber es muss damit zu tun haben, dass die naturnahen Lebensräume in unserer intensiven Kulturlandschaft immer kleiner werden. Und seht da hinten! Ein Baumfalke saust aus dem Wäldchen heraus!»

Auch Selina war einmal mehr ganz begeistert von der Morgenexkursion und konnte ihre Augen kaum vom Fernglas lösen.

Nach einer Stunde intensiver Beobachtung schlug Elisabeth eine Pause vor und führte die Gruppe zu einer Waldlichtung. Alle setzten sich, sei es auf einen Stein, auf einen Baumstrunk oder einfach auf den Boden, und packten ihr mitgebrachtes Frühstück aus. Und schon waren die Vögel in den Hintergrund gerückt, und das übliche, fröhliche Geplauder junger Leute hatte eingesetzt.

Der zwölfjährigen Selina aber brannte schon seit vergangenem Montag ein Thema heiss unter den Nägeln. Der Mord an Martin Fankhauser! Sie wusste, dass er am Sonntagmorgen auf dem See, in seinem Ruderboot, getötet worden war. Und am Montagnachmittag hatte ihr Lehrer, Marcel Fankhauser, mit der ganzen Klasse über die möglichen Hintergründe des Mordes diskutiert. Das war richtig spannend gewesen! Und Selina wusste auch, dass etliche Mitglieder der Jugendgruppe am Wochenende regelmässig am Seeufer Vögel beobachteten. Vielleicht hatte jemand von ihnen etwas gesehen? Zunächst hatte sie Hemmungen, aber schliesslich gab sie sich einen Ruck und fragte geradeheraus in die Gruppe.

«Ihr wisst vielleicht, dass am letzten Sonntagfrüh einer unserer Dorfbewohner in seinem Ruderboot auf dem See erschossen wurde. Die Polizei hat offenbar noch keinen Täter gefunden. Vielleicht können wir helfen, das Verbrechen aufzuklären? War vielleicht jemand von euch am Sonntagmorgen am See zum Beobachten und hat dabei etwas Auffälliges gesehen?»

Zunächst reagierte niemand, und Selina war sehr enttäuscht. Aber plötzlich sah sie, wie ihr Sandra verstohlen zuwinkte. Sie ging unauffällig zu ihr, und Sandra flüsterte ihr etwas ins Ohr, während sie auf Elena zeigte. Erleichtert ging Selina zurück an ihren Platz. Wer weiss, dachte sie, vielleicht haben die beiden wirklich etwas Entscheidendes gesehen?

Diesmal musste Adrian Winiger auf dem Polizeiposten Thun antraben. Nein, für die zweite Befragung sei das Café in der Altstadt definitiv nicht mehr der geeignete Ort, hatte Veronika Steiger entschieden. Vielleicht würde die Atmosphäre auf dem Posten mehr Eindruck auf ihn machen?

Winiger sah ein wenig besser aus, als ihn Bruno beschrieben hatte. Halbwegs rasiert, die Haare gekämmt, das Gesicht gewaschen, machte er trotz seinen verschlissenen Kleidern einen akzeptablen Eindruck. Betont lässig liess er sich auf den Besucherstuhl fallen.

«Herr Winiger», begann die Kommissarin, «vor einigen Tagen hat mein Kollege sich schon ein wenig mit Ihnen unterhalten. Aber unterdessen sind ganz neue Fakten aufgetaucht.»

«Ich verstehe nur Bahnhof», brummte Winiger lustlos.

«Schauen wir doch mal den nackten Tatsachen ins Gesicht», entgegnete die Kommissarin. «Unbestritten ist, dass Fankhauser Sie zu diesen Diebstählen auf dem Waffenplatz angestiftet hat, dass aber nur Sie dafür bestraft wurden. Fankhauser wurde freigesprochen. Warum auch immer. Korrekt?»

Winiger schnaubte nur verächtlich.

«Folglich hatten Sie, verständlicherweise, eine beträchtliche Wut auf diesen Mann.»

«Das kann man so sagen.» Winiger hieb mit der rechten Faust auf den Tisch.

«Also, was sind die Fakten in diesem Mordfall?», fuhr die Kommissarin fort. Sie spekulierte jetzt ganz bewusst, um Winiger herauszufordern.

«Erstens: Fankhauser wurde am Sonntagfrüh, mitten auf dem See, in seinem Ruderboot erschossen. Zweitens: Sie, Adrian Winiger, waren zum Zeitpunkt des Mordes mit einem Motorboot draussen auf dem See.»

«Was soll ich…?», stiess Winiger erschrocken aus.

«Und zwar im Boot von Moritz Wagner!»

Winiger sackte richtiggehend in sich zusammen. «Oh du heilige Scheisse…», murmelte er. «Wollen Sie mir wirklich diesen Mord anhängen? Auf hundsgemeine Weise einen Unschuldigen einlochen?»

«Waren Sie am Sonntagmorgen auf dem See oder nicht?» Die Stimme der Kommissarin war schneidend geworden.

Winiger verbarg sein Gesicht in den Händen. Weinte er gar? «So ein Pech, so ein verfluchtes Pech!», stöhnte er. «Ja, ich war in Wagners Boot draussen. Es war ja nicht das erste Mal, dass ich es mir… na ja, ausgeliehen habe, um in aller Ruhe zum Fischen hinauszufahren. Aber ausgerechnet an diesem Sonntagmorgen, wo Fankhauser erschossen wurde! Muss ich denn immer nur Pech haben im Leben? Zuerst bringt mich dieser Typ in den Knast und kommt selbst ungeschoren davon! Und jetzt soll ich verdammt nochmal für seinen Tod büssen, wo ich doch überhaupt nichts getan habe!»

Veronika Steiger schaute den Verdächtigen ruhig an. Plötzlich überkamen sie Zweifel. Reagiert so ein kaltblütiger Mörder? Hatten sie wirklich den Richtigen erwischt?

«Nun, Herr Winiger», fuhr sie fort. «Wir werden die Indizienlage sorgfältig abklären. Das Boot wird minutiös untersucht. Und falls darauf Schüsse abgefeuert wurden, werden wir es glasklar beweisen! Bis dann lasse ich Sie laufen. Aber seien Sie gewarnt: Nach wie vor zählen Sie zu den Hauptverdächtigen!»

Winiger atmete sichtlich auf. «Danke, Frau…» murmelte er, rappelte sich von seinem Stuhl hoch und schlurfte aus dem Büro.

«Was, ohnmächtig ist sie? Haben Sie geprüft, ob sie noch atmet? Ob sie Puls hat? … Ah, sehr gut! … Ja, natürlich, ich komme sofort, Frau Lüthi!»

Daniel Aebischer liess den Kaffee, den er soeben aus der Maschine gelassen hatte, stehen, lief, zwei Stufen auf einmal nehmend, die Treppe hinunter, schloss die Praxis auf, packte den immer bereitstehenden Notfallkoffer und rannte zur Garage. Es war Samstag, aber es kam ihm ganz selbstverständlich vor, dass er für einen Notfall wie diesen zur Verfügung stand. Das gehörte einfach zur Aufgabe eines Hausarztes!

Bevor er den Motor seines dunkelroten *Minis* anliess, zwang er sich, einige Male tief durchzuatmen. Nur keine Panik jetzt! Die bewusstlose Frau atmete normal und ihr Herz schlug regelmässig, hatte ihm Frau Lüthi am Telefon geschildert. Vermutlich war die Situation überhaupt nicht dramatisch, sagte er sich. Und es war gut, dass die Hotelassistentin *ihn* angerufen hatte und nicht gleich den zentralen Notruf. Er würde in zwei Minuten vor Ort sein, während die Ambulanz wesentlich länger benötigt hätte. Trotzdem war Daniel nervös. Man wusste ja nie, was einen wirklich erwartete. Was, wenn er selber nicht weiterwusste? Sollte er doch jetzt schon vorsorglich die Ambulanz rufen? Nein, entschied er, jetzt muss ich allein die Verantwortung tragen. Er startete den Motor, und kaum eine Minute später hielt er vor dem Hotel Niesenblick.

Monika Lüthi, die ihn alarmiert hatte, stand schon in der Tür und winkte ihn ungeduldig herein. «Gottseidank sind Sie schon da, Herr Doktor!», rief sie und eilte ihm voraus, quer durch die grosszügige Hotelhalle und dann die Treppe hinauf in die erste Etage. Das vierte Zimmer rechts war es.

Daniel trat ein, durchquerte eine Art Wohnzimmer und sah durch die offenstehende Schlafzimmertür.

«Oh!», entfuhr ihm ein kleiner Schrei, «*sie* ist es!»

«Kennen Sie denn Frau von Fellenberg?», fragte Monika Lüthi erstaunt.

«Ehm… kennen nicht gerade…», murmelte der Arzt, «aber sie war vor einigen Tagen bei mir in der Praxis… Nichts Ernstes, nur eine leichte Sommergrippe…»

Er schritt zu der regungslos auf dem Bett liegenden Frau und begann, sie zu untersuchen, während Monika Lüthi im Türrahmen stehengeblieben war und von einem Bein aufs andere trat.

«Es ist zum Glück nichts Gravierendes», sagte der Arzt schliesslich und erhob sich. «Frau von Fellenberg ist vermutlich aufgrund ihres zu tiefen Blutdrucks kollabiert. Vielleicht hat ihre Sommergrippe, verbunden mit der Hitze, dazu geführt. Ich werde ihr ein Medikament spritzen, und ich erwarte, dass sie nach wenigen Minuten wieder aufwacht. Natürlich bleibe ich bei ihr, bis sich ihre Situation stabilisiert hat.»

«Ach, mir fällt ein riesiger Stein vom Herzen», seufzte Monika Lüthi, «ich hatte schon mit dem Schlimmsten gerechnet… Was meinen Sie, darf ich wieder zum Empfang hinunter gehen?»

«Aber selbstverständlich! Ich bleibe hier, und falls ich Hilfe benötige, werde ich Sie sofort rufen lassen.»

Daniel öffnete seinen Notfallkoffer, nahm eine der Fertigspritzen heraus und applizierte die Flüssigkeit Frau von Fellenberg in die Armvene. Schon bald danach begann sie zu stöhnen und öffnete kurz darauf ihre Augen.

«Ehm… Wo bin ich? Habe ich geschlafen? Oh, Sie sind doch Doktor…»

«Ja, ich bin Doktor Daniel Aebischer. Sie hatten eine vorübergehende Schwäche, aber ich bin überzeugt, dass Sie in Kürze wieder auf dem Damm sein werden.»

«Oh je, war ich tatsächlich ohnmächtig! Wie peinlich! Ja, ja, wieder auf dem Damm… Vielen Dank für alles, Herr Doktor…»

Silvia von Fellenberg drehte sich zur Wand hin und dämmerte wieder weg.

Daniel hatte sich merklich entspannt, erhob sich, warf einen Blick ins Badezimmer und ging dann ins Wohnzimmer. Wahrlich eine vornehme Hotelsuite, stellte er fest. Schon das Schlafzimmer war sehr geräumig, und das Badezimmer schien alle fraulichen Wünsche zu erfüllen. Aber das Wohnzimmer war noch exklusiver. Das etwa zwei Meter breite, bodentiefe Fenster liess sich als Schiebetüre zum Balkon öffnen und gab den Blick auf Park, See und Berge frei. Auf der linken Seite des Zimmers stand eine klassische Sitzgruppe mit einem runden Tischchen aus Nussbaumholz, einem mit feinliniertem, gelb-blauem Stoff überzogenes Zweiersofa, einem dazu passenden Ohrensessel und einer zierlichen, verstellbaren Leselampe. An der rechten Wand stand ein klassisch gehaltener Schreibtisch mit drei Schubladen und einem bequemen Bürostuhl. Die einzige Konzession an die moderne Zeit war der verstellbare, aber bewusst relativ klein gehaltene Fernsehbildschirm an der Wand.

Die Dame muss schon reichlich begütert sein, dachte Daniel, wenn sie hier vier Wochen Urlaub verbringen kann… Plötzlich blieb sein Blick an einem kleinen Gegenstand hängen, und ein Gedanke schoss ihm durch den Kopf. Könnte das nicht…? Er blickte zurück. Die Patientin döste nach wie vor und beachtete ihn zum Glück nicht. Er handelte schnell.

Laura Ramseier war, wie beinahe jeden Samstag, mit dem Neunuhrbus von Oberwil nach Thun gefahren. Es war schon fast ein Ritual. Das Flanieren über den Wochenmarkt, der Einkaufsbummel in der Altstadt, das Treffen im Café mit der einen oder anderen Freundin, das gehörte einfach fix zu Lauras Wochenplan. Und natürlich ging es nicht zuletzt um das *Fashioning*, das Sehen und gesehen werden, das Präsentieren von Kleidern, Schmuck und Schminke. Die Altstadt von Thun war, wie üblich an einem sommerlichen Samstagvormittag, äusserst belebt. In den engeren Gassen promenierten so viele Leute, dass sich beinahe Staus bildeten. Aber kaum jemand störte sich daran. Im Gegenteil, man genoss die Stimmung und wähnte sich beinahe im südlichen Bologna oder gar in Florenz.

Laura trug heute eine weiss-grün gestreifte Bluse, einen pinkfarbenen Sommerjupe, der deutlich oberhalb der Knie endete, und dazu farbgleiche hochhackige Pumps. Das Haar hatte sie gekonnt hochgesteckt, und an den Ohrläppchen baumelten übergrosse goldene Ringe.

Bis gegen elf Uhr spazierte sie kreuz und quer durch die Altstadt, kaufte auf dem Markt etwas Gemüse und Obst ein, besah sich die Schaufenster und trat mehrmals in ein Geschäft, um sich das eine oder andere näher anzusehen. Dann bog sie in die Bärengasse ein, wo in einem von Platanen beschatteten Innenhof einige zum Café *Türmlein* gehörige Tische und Stühle standen.

«Oh, du bist schon da, Brigitte!»

Brigitte Hauser erhob sich und umarmte ihre Freundin. «Willkommen zu unserem Samstags-Kränzlein, Laura.»

Sie setzten sich und gaben ihre Bestellung auf.

«Gibt es eigentlich Neuigkeiten zu eurem Kriminalfall?», fragte Brigitte ungeduldig.

Laura lehnte sich in ihrem Stuhl zurück und verschränkte die Arme hinter dem Kopf. «Ob es Neuigkeiten sind? Mein Vater hat gestern etwas durchblicken lassen, das ich nicht recht verstehe. Der Ermordete, Martin Fankhauser, soll an seinem früheren Arbeitsort, dem Waffenplatz Thun, irgendein krummes Ding gedreht haben. Waffendiebstahl, nehme ich an. Und er habe auch einen jüngeren Mitarbeiter in die Sache hineingezogen. Natürlich habe ich Papa sofort gelöchert, aber er wusste auch keine Einzelheiten dazu. Oder wollte sie jedenfalls nicht preisgeben.»

«Aha», erwiderte Brigitte nur. Doch plötzlich streckte sie ihren Arm und stupste Laura mit dem Zeigefinger auf die Nasenspitze. «Aber *ich* habe News, meine Liebe. Du wirst staunen, was ich nicht alles herausgefunden habe…»

«Was!», stiess Laura hervor, «du weisst mehr als ich? Wie kommt denn das?»

Brigitte lachte hell auf. «Da staunst du, nicht wahr? Aber ich habe eben meine Beziehungen…»

Laura schnippte mit den Fingern. «Oh ja, das kann ich mir lebhaft vorstellen. Eine überaus attraktive Frau, die als Sachbearbeiterin beim Sozialamt arbeitet, wird bestimmt mühelos an vertrauliche Informationen herankommen, vielleicht mit ein paar gekonnt eingesetzten Augenaufschlägen…»

«Werde bloss nicht frech!», warnte Brigitte und streckte ihren Zeigefinger wieder in die Höhe, «aber natürlich hast du nicht ganz unrecht. Ich pflege meine Beziehungen, und ab und zu komme ich an Informationen heran, die mich eigentlich nichts angehen…»

«Das ist doch toll!», erwiderte Laura, «aber jetzt verrate mir endlich, was du weisst!»

Brigitte lehnte sich vor und umfasste Lauras Hände. Ihre Stimme war jetzt ganz leise. «Also, es ist so: Dieser ehemalige Angestellte am Waffenplatz, den Martin Fankhauser in ein krummes Geschäft hineingezogen hat, ist tatsächlich Klient bei uns im Sozialamt. Er wurde damals zu einer Gefängnisstrafe verurteilt, und nach seiner Entlassung aus dem Knast hat er irgendwie die Kurve nicht mehr gekriegt. Abgestempelt, arbeitslos, verwahrlost, alkoholgefährdet, du weisst schon, was ich meine.»

«Und wo liegt der Zusammenhang mit Fankhausers Tod?»

«Aber Laura! Ist das nicht offensichtlich? Fankhauser hat, notabene nach seiner Pensionierung, diesen ehemaligen

Arbeitskollegen dazu angestiftet, lukrative krumme Geschäfte zu drehen. Das Ding flog schliesslich auf, und wer wurde verurteilt? Nein, nicht Fankhauser, der Hauptschuldige, sondern nur sein Kollege. Warum dies so war, kann ich nicht beurteilen. Es gab wohl zu wenige Beweise. Aber stell dir vor: Was muss dieser Verurteilte doch für einen Hass auf Fankhauser gehabt haben!»

«Oh, jetzt kapiere ich endlich!», rief Laura aus. «Ja, das könnte tatsächlich ein Motiv für einen Mord sein. Ist das spannend! Und wie heisst dieser Verdächtige?»

«Nein, das geht zu weit», wehrte Brigitte ab, «den Namen kann ich dir unmöglich nennen.»

«Okay. Muss ich akzeptieren. Hast du diesen Typen denn persönlich kennengelernt? Was meinst du, kommt er als Täter in Frage?»

«Ja, er war mehrmals bei mir in der Beratung. Und ich kann dir nur meinen Eindruck schildern: Ein durch und durch unangenehmer Typ. Schlägt sich mit Sozialhilfe durch, statt sich wirklich um Arbeit zu bemühen. Kein Wunder, kriegt er keine, so vernachlässigt, wie er daherkommt. Er trieft vor Selbstmitleid, glaubt immer, nur die anderen seinen schuld an seinem traurigen Schicksal. Einfach widerlich! Andererseits, als zu einem kaltblütigen Mord fähig schätze ich ihn auch nicht unbedingt ein. Ich schätze, er ist eher der Typ Feigling.»

Laura machte ein enttäuschtes Gesicht. «Schade! Aber verdammt nochmal, irgendjemand muss es doch getan haben! Aber wer, und warum?»

Die Bedienung kam und servierte den Kaffee und die Croissants. Brigitte nahm einen Bissen und schaute dann ihre Freundin an. «Verlassen wir doch das grausige Thema und kehren zu unserem Alltag zurück. Du erinnerst dich, liebe Laura? Am Montag hast du so süss von diesem neuen Dorfarzt geschwärmt. Hat sich da etwas getan?»

Laura zuckte mit den Schultern. «Frag mich bloss nicht aus! Mein Herz läuft Achterbahn…»

«Aber Liebste! Du weinst ja!»

Brigitte drückte Lauras Hand. «Habe ich etwas Falsches gesagt? Bitte verzeih mir!»

Laura zog ihre Hand zurück und wischte sich die Tränen weg. «Nein, nein, du kannst nichts dafür. Es ist nur… Ach Scheisse! Ich glaube, er liebt eine andere…»

«Oh nein! So ein Pech!», entrüstete sich Brigitte und schaute Laura bekümmert an.

Jetzt aber konnte sich Laura nicht mehr zurückhalten. Sie verbarg ihr Gesicht in den Händen und schluchzte auf. «Herrje, wie kriege ich nur mein Leben in den Griff?», flüsterte sie. «Das kann doch nicht so weitergehen! Jetzt bin ich zweiunddreissig, und immer noch renne ich wie eine läufige Hündin jedem schönen Mannsbild hinterher… Hier ein Erfolg, dort ein Misserfolg… Ein ständiges Auf und Ab der Gefühle… Die Sehnsucht kurzfristig gestillt, dann wieder glühend heiss aufflammend… Nein, das kann definitiv nicht der Sinn des Lebens sein!»

Brigitte hatte wieder Lauras Hand umfasst. Diesmal liess sie es gewähren. «Ach Laura! So hast du noch gar nie geredet! Wir kennen uns doch schon ewig und hatten nie Geheimnisse voreinander. Willst du mir nicht verraten, was deine wirklichen Sehnsüchte sind?»

Laura schaute mit nassen Augen zu ihrer Freundin hoch. «Wenn ich das bloss so genau wüsste!»

«Sag mal… Möchtest du etwa Kinder?»

«Ja… Nein… Wenn das so eindeutig wäre! Aber irgendwie lässt mich der Gedanke an so ein kleines Wesen nicht los. Ein Kind, das man lieben, behüten und beschützen könnte…»

«Ja, warum nicht? Aber was meinst du, hättest du dann auch den Wunsch, mit dem Vater des Kindes, den es nun mal gäbe, zusammenleben?»

Laura schluchzte erneut auf. «Was weiss ich denn darüber? Ich, die ich noch keine einzige stabile, längerfristige Beziehung fertiggebracht habe! Ach, ich habe auf der ganzen Linie versagt… Und trotzdem, ich fühle so eine Sehnsucht in mir…»

Brigitte nahm ihre Freundin in die Arme, streichelte ihr sanft den Rücken und redete ihr ganz leise zu.

«Silvia! Was ist dir bloss passiert?»

Bernhard hatte sich, als er Silvia nicht wie gewohnt am Seeufer angetroffen hatte, an der Rezeption nach ihr erkundigt und so von ihrem Kollaps erfahren. Sofort war er in den ersten Stock geeilt und hatte an ihrer Zimmertür geklopft. Sie hatte ihn hereingerufen, und jetzt sass er auf ihrem Bett und hielt ihre Hand.

«Du musst wirklich besser auf dich aufpassen, liebe Silvia.»

«Ach was», erwiderte sie abschätzig, «das war doch bloss eine Bagatelle. Mein Blutdruck ist kurzfristig abgesackt, deshalb bin ich ohnmächtig geworden. Ich hatte wohl zu wenig getrunken, und ausserdem spürte ich, wie du weisst, Anzeichen einer leichten Sommergrippe. Aber jetzt geht es mir schon wieder blendend.»

«Bist du ganz sicher?»

«Aber ja, Bernhard! Am liebsten würde ich sofort mit dir auf den See hinausfahren.»

«Aber das kommt ja gar nicht infrage! Du musst dich jetzt ausruhen.»

«Bernhard! Das gefällt mir überhaupt nicht, wie du mich behandelt. Ich bin kein Kind mehr und brauche keinerlei Bevormundung.»

Bernhard zuckte zurück. «Aber… Ich will doch nur dein Bestes…»

«Eben! Deshalb lässt du mich jetzt in Ruhe, und morgen fahren wir mit dem Motorboot hinaus.»

«Gut, wenn das zu deinem Besten dient…», gab er nach, strich Silvia noch einmal zärtlich über die Haare, erhob sich und verliess kopfschüttelnd das Zimmer.

Seine Gefühlslage befand sich auf Achterbahnfahrt. Wie gross waren doch seine Hoffnungen gewesen, mit Silvia den Anfang einer wunderbaren Beziehung zu erleben! Und jetzt hatte sie ihn so frostig zurückgewiesen, seine Fürsorge abgelehnt, ihm sogar Bevormundung vorgeworfen! Er spazierte langsam zum Ufer hinunter, setzte sich auf *ihre* Bank und schaute grübelnd auf den See hinaus. Bin ich etwa allzu empfindlich? War Silvias vermeintliche Zurückweisung gar nicht so gemeint, und nur eine Begleiterscheinung ihres Kollapses? Aber meine Reaktion darauf ist doch nur ein weiterer Hinweis darauf, wie sehr ich sie verehre und liebe! Ach je, wir stehen noch ganz am Anfang unserer Beziehung, und es gibt schon solche Hochs und Tiefs…

Nach einer geraumen Weile wurde Bernhard ruhiger, sein Blick verlor die Starrheit, sein Geist fand wieder Raum, und seine Augen nahmen die Eindrücke dieses Samstagnachmittags wieder zunehmend wahr. Die grünlich glitzernde Wasseroberfläche des Sees, die vielen träge dahingleitenden Segelboote, die lautlos vorbeischwimmende Schwanenfamilie in Ufernähe, die keifenden Blässhühner am Schilfrand, die Hintergrundgeräusche von weit entfernten Motorbooten und Autos, die im Dunst verschwimmenden Silhouetten der Alpengipfel.

Ich habe wohl nur Gespenster gesehen, sagte er sich schliesslich, so ein Vorfall wie heute kann und darf doch unsere aufkeimende Liebesbeziehung nicht gefährden! Er erhob sich, spazierte zurück zum Hotel und stieg zu seinem Zimmer hinauf, um sich für das – heute leider wieder einsame – Diner umzukleiden.

Daniel hatte Marianne zum Abendessen in seine Wohnung eingeladen. Es gebe nur etwas sehr Einfaches, hatte er gesagt, er sei beileibe kein guter Koch. Marianne hatte nicht darauf geantwortet. Sie war innerlich so aufgewühlt, dass sie kaum einen klaren Gedanken fassen konnte. Bedeute ich ihm wirklich etwas? Mag er mich tatsächlich so gut, oder ist es nur eine Höflichkeitseinladung? Widersprüchliche Gefühle wirbelten in ihrem

Kopf durcheinander. Kurz bevor es Zeit war zu gehen, verfiel sie beinahe in Panik. Sie konnte sich doch nicht einfach so, in Alltagskleidern und ungeschminkt, bei ihm präsentieren! Er würde womöglich denken, er sei ihr gar nicht so wichtig! Hektisch durchforstete sie ihren Kleiderschrank. Gottlob, da hing ein wirklich hübsches Sommerkleid aus moosgrünem Leinenstoff, das sie schon ewig nicht mehr getragen hatte. Ja, das passt, dachte sie erleichtert, als sie sich im Spiegel sah. Aber das Makeup! Sie eilte ins Bad und riss den Schrank auf. Oh nein! Ihre wenigen Schminksachen waren, seit Jahren ungeöffnet, alle eingetrocknet und unbrauchbar. Nach dem ersten Schock gab sich Marianne einen Ruck. Daniel hat mich noch gar nie geschminkt gesehen, warum eigentlich sollte sich das jetzt ändern? Sie stand nochmals vor den Spiegel und fühlte sich augenblicklich besser.

Daniel empfing sie mit den üblichen drei angedeuteten Wangenküsschen. «Oh, ein Geschenk, das wäre doch nicht nötig gewesen!» Er entfernte das Papier. «Ein wunderschöner Strauss ist das», entfuhr es ihm, «ach, ich liebe Wildblumen!»

«Das habe ich gehofft», erwiderte Marianne, «und ich denke, sie werden deine neue Wohnung ein wenig verschönern. Weisst du, ich habe das Sträusschen in der Wiese am Sonnenrain gepflückt.» Bei der Erinnerung an den Ausflug zum Sonnenrain errötete Marianne, und ihre Hände wurden nass.

«Aber komm doch rein und nimm Platz», fuhr Daniel fort, «das Essen ist gleich fertig. Du weisst ja, ich kann eigentlich nicht kochen, aber ich habe nun mal etwas ausprobiert.»

Er ging in die Küche und kam mit einer dampfenden Pizza und einer grossen Schüssel Salat ins Esszimmer zurück. «Alles hausgemacht! Ehm... Der Pizzateig natürlich nicht... Nun, ich hoffe, es ist überhaupt essbar...»

Marianne lachte auf. «Aber Daniel! Stell doch dein Licht nicht so unter den Scheffel! Es sieht toll aus, und ganz bestimmt schmeckt es hervorragend!»

Daniel schnitt die Pizza in Stücke, verteilte den Salat und schenkte Rotwein in die Gläser. «Also, Marianne», sagte er und hob sein Glas, «auf unsere erste Woche erfolgreicher und sehr angenehmer Zusammenarbeit!»

«Danke!», erwiderte sie und stiess mit ihm an, «auch ich bin froh, dass unsere Zusammenarbeit so… reibungslos klappt.»

Daniel probierte einen Bissen der Pizza. «Oh je! Der Teigboden ist doch noch zu feucht! Was habe ich nur falschgemacht?»

Marianne hatte ebenfalls gekostet. «Ja, ein wenig zu feucht ist er noch. Aber es schmeckt trotzdem sehr gut! Hast du die maximale Backofentemperatur verwendet?»

«Ja. Auf der Skala steht 240 Grad Celsius. Aber ob das auch stimmt? Habe ich die Pizza zu früh rausgenommen?»

«Zwei Minuten länger wäre wohl gut gewesen, aber nur mit Unterhitze, sonst wäre der Belag verbrannt. Oder du versuchst das nächste Mal, den Teig zuerst blind zu backen.»

Daniel machte grosse Augen. «Was soll ich? Blind backen?»

«Ach so!», lachte Marianne geradeheraus, «du kennst die Küchensprache nicht. Es bedeutet einfach, dass man zuerst den Teig ohne Belag, also sozusagen blind, ausbäckt. Den Belag gibt man dann erst auf den mehr oder weniger garen Teig und schiebt das Ganze nochmals in den Backofen. Damit wird verhindert, dass der feuchte Belag den Teig zu sehr durchweicht.»

«Alles klar!», lachte Daniel mit. «Das probiere ich gerne mal aus.»

Eine ganze Weile lang liessen sie sich die Mahlzeit ohne ein weiteres Wort schmecken.

«Es ist für dich bestimmt sehr merkwürdig», fuhr Daniel nach dem letzten Bissen fort, «hier in deinem Elternhaus bloss Besucherin zu sein und einem neuen Bewohner gegenüberzustehen. Du kennst ja jeden Winkel hier wie deine eigene Hosentasche. Ich habe mich schon mehrmals gefragt, welches wohl dein Kinderzimmer war.»

«Solche Gedanken machst du dir also», lächelte sie zurück, «aber die Wohnung gehört doch jetzt dir allein!»

«Nein, das glaube ich nicht», sinnierte Daniel, «ich spüre ganz stark, dass auch du hier noch auf irgendeine Weise präsent bist.»

«Nun ja», sagte sie zögernd, «einerseits kenne ich hier jeden Winkel, wie du sagst, andererseits kommt es mir schon ein wenig fremd vor, mit der neuen Möblierung... Ehm... Dürfte ich vielleicht mal rumgehen?»

«Aber mit Vergnügen! Geh doch einfach voran.»

Marianne steuerte in den Flur und öffnete ganz vorsichtig die zweite Tür auf der linken Seite. «Hier, das war mal mein Kinderzimmer.»

Daniel folgte nach und sah in den, ausser einem Stapel ungeöffneter Umzugsschachteln, vollkommen leeren Raum. «Oh je, das tut mir leid, dass du jetzt nur noch diesen kahlen Raum vorfindest. Weisst du, ich habe gedacht, hier mein Büro einzurichten. Aber ich bin noch nicht dazugekommen.»

«Das ist doch eine gute Idee. Das Zimmer gegen Osten ist schön hell, und im Sommer wird es nicht allzu heiss.»

«Komm, wir nehmen jetzt noch das Dessert», sagte Daniel und führte Marianne zurück zum Esstisch. «Auch wenn ich es, wie ich gestehen muss, nicht selber zubereitet habe.»

Marianne lächelte nur. Was spielt das denn für eine Rolle, dachte sie sich.

Daniel brachte das gemischte Eis, und sie begannen eifrig zu löffeln.

Im Nu war die Schale leer, Marianne legte den Löffel ab und sah Daniel in die Augen. Ach wie gerne würde ich dich jetzt küssen, dachte sie, oder wenigstens deine Hand drücken! Aber nein, ich darf es nicht von mir aus wagen. Er ist mein Chef, und wenn schon müsste die Initiative von ihm kommen... Sie schlug die Augen nieder und wagte kaum noch zu atmen. Wenn er nur nicht merkt, wie nervös ich bin... Aber vielleicht liebt er mich ja doch, und wagt bloss nicht, es zu zeigen?

Daniel erhob sich und machte sich daran, das Geschirr abzu-decken. Er seufzte innerlich. Ach, ich könnte sie jetzt geradewegs umarmen und küssen. So eine sympathische Frau! Aber nein, das geht auf keinen Fall. Wir kennen uns erst seit einer Woche, und zudem bin ich ihr Vorgesetzter. Was würde sie auch von mir denken? Dass ich meine Position ausnütze, um mir Vertraulich-keiten zu erlauben. Nein, vorläufig muss ich mich zurückhalten. Die Initiative müsste von ihr aus kommen. Ja, ein kurzer und schmerzloser Abschied ist jetzt besser…

«Das war ein sehr schöner Abend mit dir, Marianne», sagte er schliesslich nur. «Ich denke, für die Zusammenarbeit schadet es nichts, wenn man sich auch persönlich etwas besser kennt. Und ich hoffe, du entschuldigst mich jetzt. Ich bin sehr müde.»

«Oh ja… selbstverständlich.» Nur mit Mühe konnte Marianne die Tränen zurückhalten. Auf keinen Fall durfte er sehen, dass sie weinte! Musste sie ihre Hoffnungen begraben?

Und schon standen sie unter der Wohnungstür. Daniel verab-schiedete sie nur mit einer kurzen, bloss angedeuteten Umar-mung.

Sie drehte sich abrupt um, rannte die Treppe hinunter und schlug die Haustür zu. Ihr Herz brannte lichterloh, ihre Augen waren nass. Sie litt unsäglich. Eilig strebte sie den Hang hinauf zu ihrer Wohnung. Und immer wieder tauchte Laura vor ihrem inneren Auge auf. Die schöne, immer perfekt geschminkte, über-aus attraktive Laura! Ganz bestimmt hatte sie auch Daniel in ih-ren Bann gezogen! Marianne zitterte beinahe vor Ärger und Überdruss. Wenn Daniel so empfänglich auf Lauras Reize rea-gierte, war dann nicht ihre ganze Hoffnung vergebens gewesen? War das überhaupt Liebe, dieses Gefühl, das sie gegenüber Da-niel hegte? Oder war es doch bloss ein Trieb, diesen Mann, gegen alle Konkurrentinnen kämpfend, für sich zu erobern?

Sie kam mehr und mehr ins Zweifeln. Hätte Daniel ihre aufkei-mende Liebe wirklich wahrgenommen, dann müsste er sie doch beim Abschied ganz sicher umarmt und geküsst haben! Nein, kam sie zum Schluss, gegen Laura hatte sie doch nicht den Hauch einer Chance! Und auch Daniels langjährige Freundin, diese Tanja, würde ihn doch kaum je freigeben! Nein und nochmals Nein! Marianne war mehr und mehr davon überzeugt: Es konnte definitiv keine Zukunft zwischen ihr und Daniel geben! Sie betrat ihre Wohnung, warf sich auf das Bett, drückte ihr Gesicht ins Kopfkissen und liess die Tränen ungehindert fliessen.

Sonntag, 8. Juli

Endlich wieder einmal ein freier Tag, seufzte Veronika Steiger vor sich hin. Ihr Sohn Luca war gestern schon mit Kollegen zu einem Open Air Festival ins Wallis gefahren, und sie selber hatte ganz bewusst ihre Wochenend-Agenda leergelassen. Sie war, ganz gegen ihre Gewohnheit, erst um neun Uhr aufgestanden, war eine Stunde im nahen Wald laufen gegangen und hatte sich dann ein kräftiges Frühstück gemacht. Jetzt sass sie, in gelben Shorts und einem pinkfarbenem T-Shirt, in ihrem bequemen Liegestuhl auf dem Balkon und begann, einen Kriminalroman ihres Lieblingsschriftstellers, Georges Simenon, zu lesen.

Plötzlich piepste es auf ihrem Mobiltelefon, und sie sah aus den Augenwinkeln, dass eine Nachricht auf dem Bildschirm erschien. Sie griff nach dem Handy.

Schade, sehr schade, murmelte sie, schon wieder eine Hoffnung weniger! Der Kriminaltechnische Dienst meldete, auf dem Boot von Moritz Wagner habe man weder Schmauchspuren noch sonst etwas Verdächtiges nachweisen können. Natürlich war das überhaupt kein Beweis für Winigers Unschuld, aber es entlastete den Verdächtigen doch ein Stück weit.

Veronika spürte, wie sich Enttäuschung und Zuversicht in ihrem Inneren die Waage hielten. Natürlich hatte sie gehofft, in diesem Adrian Winiger definitiv den Schuldigen gefunden zu haben. Und gleichzeitig war ihr bewusst, dass es zu ihren Erfahrungen als Kriminalkommissarin gehörte, immer wieder falsche Fährten zu verfolgen. Und Winiger war eben nur einer unter mehreren Verdächtigen.

Flexibel zu agieren, war eine der zentralen Anforderungen in ihrem Beruf. Und genau damit hatte sie manchmal grosse Mühe. Aber Schwamm drüber! sagte sie sich. Sie nahm wieder ihren Kriminalroman zur Hand. Doch trotz der spannenden Handlung schweiften ihre Gedanken immer mehr ab. Schliesslich legte sie das Buch weg, schloss die Augen und begann zu grübeln.

Der ganze freie Sonntag liegt noch vor mir, aber ich freue mich gar nicht mehr darauf. Wenn dieser leere Tag nur schon vorbei wäre! Brauche ich vielleicht dringend einen Partner? Wie wäre es, jetzt zusammen mit einem Mann den Tag planen zu können? Würden wir in der Aare schwimmen gehen, oder eine Wanderung im schattigen Wald machen? Oder einfach den grossen Balkon geniessen, eine Flasche Wein aufmachen und später gemeinsam etwas Leckeres kochen? Und nach dem Dessert verliebt übereinander herfallen? Ja, vielleicht…

Katharina Schläpfer räumte das Mittagessen ab, während sich Konrad in einen Zeitschriftenartikel zum Thema Diabetes vertiefte. Er hatte immer noch grosses Interesse an allen medizinischen Fortschritten. Und gerade beim Thema Ernährung gab es immer wieder so viele neue Erkenntnisse, dass man kaum zu folgen vermochte. Ist Fett wirklich so schädlich, wie man lange Zeit geglaubt hatte? Sind die gesättigten Fettsäuren tatsächlich die Übeltäter im Blut, als welche sie meistens dargestellt werden? Ist der Zucker immer noch das Nahrungsproblem Nummer Eins, wie es häufig genannt wird? Und wie gesund oder ungesund sind Zuckerersatzstoffe? Wieviel Eiweiss benötigt der Mensch tatsächlich? Ist pflanzliches Eiweiss, wie von gewissen Leuten behauptet, grundsätzlich gesünder als tierisches? Und was ist von diesem jetzt überall diskutierten Begriff des Intervallfastens zu halten?

Konrad war so vertieft in seine Lektüre, dass er zusammenzuckte, als Katharina mit dem Kaffee ins Esszimmer kam.

«Oh, danke», nahm er seine Tasse entgegen. Dann schaute er sie nachdenklich an. «Sag mal, Katharina, dir geht doch schon lange etwas im Kopf herum! Und hat es etwas mit Fankhauser zu tun?»

Sie seufzte. «Du hast recht. Dieser Mordfall lässt mich nicht los. Und da ist mir etwas in den Sinn gekommen. Aber ich bin mir überhaupt nicht sicher, ob es doch nur ein Hirngespinst ist. Erinnerst du dich an dieses Mädchen namens Martha Waser?»

«Martha Waser… Nein… Oder doch! Meinst du etwa die Martha mit den blonden Zöpfen, die kam doch irgendwo vom Hügel herunter?»

«Genau die meine ich! Das arme Mädchen von der Schattenegg. Alle in der Schule haben sie gemobbt, haben sie ausgelacht ihrer ärmlichen Herkunft wegen! Das kleine Bauerngehöft oben am Berg, eine Familie mit sieben Kindern, was waren die schon wert? Martha lief immer in nur notdürftig geflickten Kleidern herum. Die Haare hat ihr die Mutter geschnitten, und als Einzige bekam sie nie ein Taschengeld.»

«Ja, jetzt erinnere ich mich. Martha war ein paar Jahre jünger als ich, deshalb habe ich das nur am Rande mitbekommen. Bist du etwa mit ihr in eine Klasse gegangen? Und… War da nicht später noch etwas mit ihr…? Meinst du etwa, es könnte einen Zusammenhang mit Martin haben?»

«Ja, ich war in ihrer Klasse», lächelte Katharina. «Die Martha war doch schon als Schulmädchen bis über beide Ohren in Martin Fankhauser verliebt. Wir alle wussten es und machten uns natürlich lustig darüber. Wir gaben der unscheinbaren Martha nicht den Hauch einer Chance. Martin war doch schon als Oberstufenschüler der Hahn im Korb, alle jungen Frauen im Dorf waren verguckt in ihn!»

Konrad grinste. «So so, du etwa auch?»

«Ehm… Für eine kurze Zeit vielleicht schon…»

«Und was geschah dann?»

«Nun, während der Schulzeit passierte gar nichts. Aber danach machten Martin und Martha beide eine Berufslehre in Thun, er als Mechaniker, sie als Schneiderin. Und offensichtlich hat es irgendwann gefunkt zwischen den beiden. Ich selber ging damals in Thun aufs Gymnasium, und eines Tages beobachtete ich zufällig, wie die zwei Hand in Hand herumliefen. Nun, warum auch nicht, dachte ich mir. Martha hatte sich wirklich gemacht. Sie legte jetzt Wert auf ihr Äusseres, gab ihren Lehrlingslohn für hübsche Kleider aus und kam mir ziemlich selbstbewusst vor. Bis dann das Drama begann…»

«Oh je! Nein, ich weiss es ehrlich nicht mehr.»

«Was passieren musste, passierte. Martha wurde schwanger. Aber als sie es Martin mitteilte, hatte dieser sich schon eine andere Freundin geangelt. Er verleugnete einfach seine Vaterschaft, und die arme Martha wusste weder ein noch aus. Sie war komplett am Boden zerstört. Natürlich erfuhr ich dies erst hinterher. Es war mir aber aufgefallen, dass Martha wie ein Häuflein Elend in Oberwil herumschlich, und so habe ich sie eines Tages einfach angesprochen. Sie fasste schon bald Vertrauen und erzählte mir die ganze Geschichte. Ach, sie hat mir so leidgetan! Durch meinen Vater, Anwalt von Beruf, hatte ich ein paar Beziehungen, und so konnte ich ihr eine risikolose Abtreibung vermitteln. Als siebzehnjährige Lehrtochter ein Kind auszutragen und aufzuziehen, das wäre damals, in den 1960er Jahren, einfach nicht gegangen.»

«Ach so, dann ist also Martin Fankhauser letztendlich doch nicht Vater geworden. Nein, von dieser Geschichte hatte ich nichts mitbekommen. Aber ich war ja damals mitten im Medizinstudium in Bern. Und wie ist es dann weitergegangen?»

«Ich weiss lediglich, dass Martha ihre Berufslehre als Schneiderin abschliessen konnte und dann irgendwo auswärts eine Stelle angetreten hat. Seither habe ich nichts mehr von ihr gehört. Ob sie überhaupt noch lebt?»

Katharina rieb sich versonnen das Kinn. «Es ist schon merkwürdig, dass mir diese uralte Geschichte gerade jetzt in den Sinn kommt. Ob es vielleicht doch einen Zusammenhang gibt?»

«Du meinst, mit dem Mord? Wie lange ist denn das her? Beinahe fünfzig Jahre!»

«Trotzdem! Könnte es nicht doch…?»

«Du meinst, Martha könnte sich für ihr damaliges Unrecht gerächt haben? Indem sie nach Jahrzehnten zurückkommt und Martin erschiesst?»

«Ach, frag mich nicht zu viel, Konrad! Aber ist es denn völlig auszuschliessen? Jedenfalls werde ich mich bei der Kommissarin, die den Fall untersucht, melden und ihr die ganze Geschichte erzählen. Vielleicht hilft es ihr weiter?»

Konrad schüttelte seinen Kopf. «Tu, was du nicht lassen kannst. Ich jedenfalls glaube nicht an diese abenteuerliche Hypothese.»

«Bist du genügend standfest, Bernhard?»

«Ja, ehm… Also… Kannst du mir nicht ein wenig helfen?» Seine Stimme klang ganz zittrig. Immer noch schwirrte ihm die Enttäuschung von gestern im Kopf herum. Er musste sich doch jetzt stark zeigen!

Silvia schüttelte ihren Kopf. «Aber Bernhard! So alt bist du doch noch nicht! Halt dich mit der Hand hier an der Stange fest, mach einen grossen Schritt, und schon bist du drin!»

«Du kannst leicht reden! Das Wasser war noch nie mein Element, und in so ein schaukelndes Boot einzusteigen, ist für mich eine echte Herausforderung.»

«Also gut, ich reiche dir die Hand. Aber komm jetzt!»

Bernhard ergriff Silvias Hand, zögerte noch einen Moment, gab sich dann einen Ruck, machte einen grossen Schritt und landete, schwer schnaufend, auf dem Boden des Motorboots.

«Mensch, bist du ungeschickt», feixte Silvia und zog ihn auf die gepolsterte Sitzbank in der Mitte des Bootes. «So eine Landratte!», spöttelte sie, «ich weiss wirklich nicht, wie es mit uns beiden weitergehen soll… Ich bin doch so gerne auf dem See…»

Bernhard zog eine unglückliche Miene. «Aber Silvia! Willst du im Ernst sagen, dass unser Glück von meiner Seetüchtigkeit abhängt? Was kann ich denn dafür, dass mich bisher noch keine Meerjungfrau geküsst hat?»

«So, das möchtest du wohl gerne?»

«Ehm… Wenn sie so schön ist wie du, warum nicht?»

Silvia schmunzelte nur. Sie amüsierte sich ganz köstlich. Soll der Bernhard ruhig etwas zappeln, sagte sie sich. Sie blieb vor ihm stehen und wippte, beinahe kokett, im Rhythmus des sanft schaukelnden Bootes hin und her, während er ängstlich um sich blickte.

«So, ich starte jetzt den Motor», sagte sie schliesslich, «und du bleibst ganz ruhig… ganz ruhig.» Sie drehte sich um, drückte den elektrischen Starter, und sofort fing der Motor leise an zu tuckern. «Siehst du», sagte sie beschwichtigend, «es geht ganz leicht. Wir schleichen uns jetzt gemütlich vom Steg weg.»

Sie zog ein klein wenig am Gashebel, drehte das Steuerrad nach rechts und lenkte das Boot in einem langgezogenen Bogen vom Ufer weg.

Bernhard umklammerte immer noch den Handlauf, aber seine Gesichtszüge hatten sich etwas entspannt. Er wagte es, den Kopf zu drehen und zum Ufer zurückzuschauen.

«Und? Gefällt es dir?», fragte Silvia.

«Oh ja… Durchaus… Ehm… Sofern du schön langsam fährst…»

«Aber wir tuckern ja nur so dahin. Sobald wir etwas weiter weg vom Ufer sind, gebe ich Gas.»

Unwillkürlich verstärkte sich Bernhards Griff an der Haltestange.

«Schau mal dort, die Schwanenfamilie», rief Silvia und zeigte mit ausgestrecktem Arm in Richtung Schilf.

«Ja, sehr hübsch, die schneeweissen Eltern und die fünf grauen Jungen, alle dicht beieinander. Wann bekommen eigentlich die Jungen ihre weissen Schwanenfedern?»

Silvia musste einen Moment überlegen. «Ich habe beobachtet, dass sie ein Jahr nach der Geburt fast völlig weiss sind. Demnach muss der Federwechsel während des ersten Herbstes oder Winters stattfinden. Übrigens wechseln Schwäne, wie beinahe alle

Vögel, jedes Jahr ihre Flugfedern aus, weil diese nach einem Jahr abgenutzt sind. Während dieser sogenannten Mauser sind die Schwäne während etwa zwei Monaten unfähig zu fliegen und darum besonders gefährdet, von Feinden, etwa Hunden oder Füchsen, angegriffen zu werden.»

«Was du nicht alles weisst», staunte Bernhard. «Oh bitte, nicht zu viel Gas geben, Silvia, sonst wird mir noch schlecht!»

Silvia zog weiter am Gashebel, das Boot hob seinen Bug immer weiter über die Wasserfläche hinaus, und hinten bildeten sich zwei lange Heckwellen. Der Fahrtwind rauschte Bernhard in den Ohren, er blickte steif geradeaus und klammerte sich noch stärker an die Stange. «Muss das wirklich sein, Silvia?», rief er.

Sie drehte kurz ihren Kopf zu ihm. «Nur noch eine winzige Minute, Bernhard. Dann sind wir in der Seemitte und können eine Pause machen.»

«Na, wenn es nicht anders geht…»

Endlich! Endlich ging Silvia vom Gas und liess das Boot langsam an Fahrt verlieren. Es kam schliesslich ganz zum Stehen und schaukelte nur noch ganz sachte auf dem beinahe spiegelglatten Wasser.

«Puh!» rief Bernhard, liess die Stange los, erhob sich und lockerte seine Schultern mit kreisenden Bewegungen. «Also ich muss schon sagen, liebste Silvia, das war eine Herausforderung für mich. Eine Art von Wassertaufe. Hast du dir das etwa als Stress-Test für unsere Beziehung ausgedacht?»

«Aber nein, Lieber.» Silvia setzte sich neben ihn und drückte seine Hände. «Trotzdem wird es dir nicht schaden. Immerhin ist das Leben auf dem Wasser nun mal meine Passion. Ich frage mich jetzt, ob du wohl auch eine Passion hast, die umgekehrt für mich eine Herausforderung wäre?»

Bernhard zuckte zusammen. Auf so etwas war er nicht vorbereitet! «Ach weisst du», sagte er nach längerem Zögern, «mein Leben verläuft so unspektakulär, immer in denselben Bahnen.

Ich glaube nicht, dass ich wirklich eine Passion hege, die für dich von Interesse wäre.»

Er seufzte tief, wandte seinen Kopf ab und starrte auf das Wasser. «Ach, Silvia! Ich mache mir ernsthaft Sorgen. Weisst du, immer mehr zweifle ich daran, dass ich dir… also… falls sich unsere Beziehung weiter vertiefen würde… also dass ich dir je genug bieten könnte.»

Silvia wandte sich ebenfalls ab. Aber nur deshalb, weil sich ihre Augen mit Tränen füllten und sie es ihm nicht zeigen wollte. Doch lange hielt sie es nicht aus.

Sie drehte sich wieder um und schmiegte dann ihren Kopf an seine Schulter. «Bernhard, sei doch nicht so pessimistisch. Du sagst, du habest keine Passion? Aber ich spüre doch ganz stark deine Zuneigung zu mir! Ist das etwa keine Passion?»

Silvias Herz machte einen Luftsprung, als sie sah, dass Bernhards Blick ganz tränenverschleiert war.

Er schlang seine Arme um sie und legte seine Wange sanft an die ihre. «Silvia, Silvia! Wie ich dich liebe!»

Sie zog ihn an sich, und ihre Lippen fanden sich ganz von selbst, schmiegten sich zärtlich aneinander, konnten sich lange Zeit nicht mehr loslassen…

Daniel Aebischer hatte sich in seinem ganzen Leben noch nie so schlecht gefühlt. Immer wieder hatte er es hinausgezögert. War er wirklich so feige, fragte er sich. Natürlich hatte er schon vielen seiner Patientinnen und Patienten schlechte Nachrichten überbringen müssen.

Aber jetzt war alles ganz anders. Katharina, diese so herzliche Frau und vielleicht seine künftige Schwiegermutter, war betroffen. Und es sah gar nicht gut aus. Der Tumor in ihren Eierstöcken hatte sich unbemerkt breitgemacht und bereits das benachbarte Gewebe infiziert. Und die Meinung des befreundeten Onkologen, den er zur Sicherheit beigezogen hatte, fiel ganz und gar negativ aus. Sofortige Operation sei unabdingbar, und auch so sei die Prognose nicht allzu gut, hatte der Spezialist gesagt. Daniel versuchte, sich einen Ruck zu geben. Nein, er durfte es nicht länger hinauszögern, es musste heute noch sein!

Montag, 9. Juli

Katharina Schläpfer hatte in dieser Nacht sehr lange nicht einschlafen können. Was sie insgeheim schon seit einiger Zeit befürchtet hatte, war in seiner ganzen unerbittlichen Realität eingetroffen. Daniel hatte sich zwar redlich bemüht, es ihr so schonend wie möglich beizubringen, und sie hatte realisiert, wie unendlich schwer es ihm gefallen war. Aber an der Tatsache, dass sie einen weit fortgeschrittenen Tumor im Leib trug, war nichts zu ändern. Ohne Operation sei es nicht zu machen, hatte er betont, aber ob sie sich zu einem solchen Schritt würde entschliessen können, stand noch in den Sternen. Daniel hatte sich auch standhaft geweigert, eine Aussage zu ihrer noch verbleibenden Lebenserwartung zu machen. Zu unsicher seinen solche Schätzungen, zu gross die individuelle Variabilität, hatte er betont. Solche Prognosen zu machen, sei unseriös, unethisch und kontraproduktiv.

Aber Katharina sah glasklar: Ihr Todesurteil war besiegelt, wenn auch der Zeitpunkt der Vollstreckung noch offen war. Und *ein* Gedanke kreiste fast unablässig in ihrem Kopf herum: Hatte Konrad ihre diffusen Beschwerden zu wenig ernst genommen? Hätte er sie nicht schon längst zu einem Spezialisten schicken müssen? Trug ihr so geliebter Ehemann eine schwere Schuld auf sich? Ja, er hätte früher reagieren müssen! Ach, wie sollte sie es ihm denn beibringen? Wie seine Verzweiflung aushalten?

Irgendwann war Katharina doch noch erschöpft in einen tiefen Schlaf gefallen. Aber schon kurz nach fünf Uhr war sie wieder hellwach. Ein weiterer schöner Sommertag kündigte sich an. Das weiche Morgenlicht sickerte durch die halbgeschlossenen Rollläden, tauchte das Schlafzimmer in sanftes Blaugrau und liess die Konturen der Möbel beinahe verschwimmen. Katharina blieb ganz ruhig auf dem Rücken liegen und versuchte, sich an ihren letzten Traum zu erinnern. Was war es nur gewesen? Eine sehr alte Geschichte… Die Dorfschule, der Pausenhof, die harten

172

Bänke… Ein Mädchen mit blonden Zöpfen… Eine weinende junge Frau…

Jetzt wusste sie es! Die traurige Geschichte mit dieser Martha Waser war ihr im Traum begegnet. Lebhaft erinnerte sie sich jetzt daran. Wie sie, selber erst siebzehnjährig, sich stundenlang die Sorgen der gleichaltrigen Kollegin angehört hatte. Katharina, die noch keinen Mann auch nur richtig geküsst hatte, war unvermittelt mit den Ängsten einer ungewollt Schwangeren konfrontiert worden. Sie, die fleissige und brave Gymnasiastin, hatte hautnah die Verzweiflung einer jungen Frau miterlebt, die nicht wusste, wie ihr Leben weitergehen sollte. Sie, die behütete Tochter eines Anwalts und einer Lehrerin, hatte den Kampf einer in armen Verhältnissen aufgewachsenen jungen Frau mitbekommen, die versuchte, einen Fehler wiedergutzumachen, an dem sie nur zum kleinsten Teil schuld war, der ihr aber von allen Seiten zum Vorwurf gemacht wurde.

Ja, in dieser Situation hatte Katharina zum ersten Mal ihr soziales Gewissen gespürt, ihre Wut auf die Ungerechtigkeit in dieser Welt, in der die Chancen so ungleich verteilt waren und die Frauen systematisch benachteiligt wurden. Und hier hatte sie erstmals erleben dürfen, dass ihr Engagement, das sie aus einem inneren Drang heraus leistete, konkrete Früchte trug. Ja, sie war stolz auf sich gewesen! Sie hatte ihrer Freundin einen Weg geebnet, der sie aus der Verzweiflung herausführte und der ihr Hoffnung auf eine gute Zukunft gab! Nach der Abtreibung war Martha wieder frei gewesen und hatte ihr Leben in die eigenen Hände nehmen können!

Und jetzt? Wäre es tatsächlich denkbar, dass Martha Waser etwas mit dem Mord an Martin Fankhauser zu tun hatte? Beinahe fünfzig Jahre später? Das war doch absurd! Und doch, der Gedanke liess Katharina nicht los. Irgendwie war sie sogar dankbar, sich für heute Morgen eine konkrete Aufgabe vornehmen zu können. Vielleicht würde sie das ein wenig vom Grübeln abhalten. Und, musste sie sich eingestehen, es würde auch die Frist verlängern, bis sie Konrad mit der Diagnose konfrontieren musste.

Gleich nach einem zeitigen Frühstück meldete sie sich telefonisch bei der Kommissarin Veronika Steiger an und fuhr mit dem nächsten Zug nach Bern.

Die Kommissarin empfing sie mit einem warmherzigen Lächeln in ihrem Büro.

«Frau Steiger», fing Katharina gleich an, «ich weiss sehr wohl, dass Ihr Assistent Widmer mich schon befragt hat. Aber unterdessen habe ich mich an eine alte Geschichte aus unserem Dorf erinnert, und ich könnte mir vorstellen, dass sie Ihnen in diesem Mordfall weiterhilft.»

«Bitte sehr.»

Katharina Schläpfer erzählte der Kommissarin ausführlich die Geschichte von der jungen Frau.

Veronika Steiger zeigte wieder ihre grimmige Miene, ein Zeichen ihrer Konzentration. «Also beinahe fünfzig Jahre ist das jetzt her», sagte sie abschliessend, «aber wir wissen aus Erfahrung, dass gerade bei solchen Dingen die schiere Zeitspanne nur eine geringe Rolle spielt. Die Redeweise, die Zeit heile alle Wunden, hat nur bedingt recht. Seelische Wunden verheilen nicht immer. Sie können durch stetiges Herumstochern gar nie zur Heilung kommen oder, vermeintlich geheilt, nach langer Zeit wieder aufreissen. Natürlich wissen wir im Moment nicht, ob es diese Martha Waser überhaupt noch gibt, und ob sie irgendetwas mit dem aktuellen Verbrechen zu tun hat. Aber wir werden ihrem Hinweis sorgfältig nachgehen. Ich danke Ihnen, Frau Schläpfer.»

Kaum war die Besucherin gegangen, eilte Veronika ins Nachbarbüro. «Bruno, soeben habe ich einen vollkommen unerwarteten Aspekt im Mordfall Fankhauser zugespielt bekommen. Die Frau des ehemaligen Dorfarztes hat mir eine alte, tragische Geschichte erzählt. Wer weiss, vielleicht bringt sie uns weiter? Ich habe dir deswegen einen dringenden Detektivauftrag. Ich suche eine gewisse Martha Waser, geboren vor 64 Jahren in Oberwil am Thunersee. Sie ist dort zur Schule gegangen und hat später in Thun eine Berufslehre als Schneiderin gemacht. Eine Zeitlang war sie mit Martin Fankhauser liiert. Mehr weiss ich nicht von ihr, ihr weiterer Lebensweg verliert sich im Dunkeln.»

«Oh, das wird aber spannend», kommentierte Bruno, «solche Aufträge mag ich am allerliebsten. Ich mache mich gleich an die Arbeit.»

Veronika hörte ihr Telefon klingeln und lief zurück in ihr Büro. Es war die Dame vom Empfang. «Was sagst du da? Zwei Schulmädchen sind da und wollen mich sprechen? Betreffend Fankhauser? Da bin ich aber mal neugierig. Schick sie sofort hoch!»

Veronika konnte es kaum fassen. Am selben Tag tauchten gleich zweimal neue Aspekte zu diesem Mordfall auf! Sie liess die Bürotür offen, und kurz darauf sah sie die zwei Mädchen unschlüssig im Flur stehen.

«Kommt einfach herein und setzt euch», rief sie ihnen freundlich zu. «Ich bin Kriminalkommissarin Veronika Steiger, und trotz des furchterregenden Titels beisse ich niemanden. Wie heisst ihr und wie alt seid ihr?»

Die Mädchen begannen zu kichern, beherrschten sich aber sogleich wieder.

«Ich heisse Sandra Boller, wohne in Thun und bin dreizehn», sagte die Blonde.

«Und ich bin Elena Meyer, komme aus Steffisburg und bin zwölf», ergänzte die Dunkelhaarige.

«Also, Elena und Sandra, was habt ihr mir zu erzählen?»

«Wissen Sie», begann Sandra, «wir machen beide in der Jugendgruppe des Naturschutzvereins Thun mit und verpassen kaum eine Exkursion oder einen der Arbeitseinsätze. Vor allem Vögel finden wir *mega* spannend, aber auch Amphibien und Pflanzen interessieren uns.»

«Und ausserdem sind wir gute Freundinnen», fuhr Elena fort, «und gehen oft auch zu zweit mit unseren Ferngläsern an den See.»

«Das ist ja ein ganz tolles Hobby von euch», sagte die Kommissarin, «und jetzt opfert ihr sogar einen Ferientag, um extra nach Bern zur Polizei zu fahren!»

«Nun… Wir wollten sowieso wieder mal durch die Stadt bummeln… und ein wenig shoppen gehen…», antwortete Elena schüchtern.

«Natürlich, das gehört doch dazu bei jungen Frauen! Aber was habt ihr denn mit euren Ferngläsern beobachtet, das die Kriminalpolizei interessieren könnte?»

«Also…», sagte Sandra, «vorgestern waren wir auf einer Exkursion der Jugendgruppe im *Gwattlischemoos* unterwegs. Da hat uns Selina, die in Oberwil wohnt, vom diesem Mord im Ruderboot erzählt. Wir hatten zwar irgendwo gehört, dass jemand aus Oberwil getötet worden war, aber dass es draussen auf dem See passiert war, wussten wir nicht. Und da kam uns etwas Merkwürdiges in den Sinn, das wir am Sonntag vor einer Woche, am Tag des Mordes, beobachtet hatten. Wir waren zu zweit schon früh am See unterwegs. Es war ein herrlicher Morgen, und wir konnten viele Vogelarten beobachten. Und als wir so mit den Ferngläsern über die Seeoberfläche hinwegschauten, sahen wir ganz weit draussen, näher am gegenüberliegenden Ufer als an unserem, zwei Boote. Das eine, ein gewöhnliches Ruderboot, stand still, und es war eine aufrechte Gestalt darin auszumachen. Das andere Boot, dem Tempo nach ein Motorboot, näherte sich dem Ruderboot. Natürlich achteten wir nicht speziell darauf, was dann geschah, denn wir wollten ja Vögel beobachten. Aber etwa eine halbe Stunde später kam dasselbe Motorboot nochmals zurück zum Ruderboot. Und wir hatten den Eindruck, im Ruderboot sei gar niemand mehr. Irgendwie hat uns das erstaunt, aber wir konnten uns keinen Reim darauf machen. Erst als unsere Kollegin Selina von diesem Mord erzählte, erinnerten wir uns wieder an unsere Beobachtung.»

«Wie könnt ihr sicher sein, dass es dasselbe Boot war, das zurückkam?»

«Ganz einfach», antwortete Elena, «es war so farbig.»

«Wie farbig?»

«Ja, es war sehr auffällig, blau-weiss-rot gestreift.»

«Wie weit habt ihr die Personen in den zwei Booten erkennen können?»

«Oh, überhaupt nicht», sagte Elena, «die Boote waren wohl etwa zwei Kilometer entfernt. Da sind auch mit dem Fernglas keine Details von Personen mehr erkennbar. Aber die Farben haben wir eindeutig gesehen.»

«Ja, ganz eindeutig», bestätigte Sandra, «blau-weiss-rot gestreift».

«Elena und Sandra, ich danke euch von Herzen, dass ihr den Mut gefunden habt, zur Kriminalpolizei zu kommen. Eure Aussage ist wahrscheinlich äusserst wichtig. Ich bitte euch, am Nachmittag nochmals kurz vorbeizukommen, um das Protokoll zu unterschreiben. Und jetzt wünsche ich euch einen vergnüglichen Shopping-Bummel in der Stadt!»

«Oh, sogar unterschreiben dürfen wir!», sagte Elena voller Stolz und stupste Sandra in die Seite. Die beiden Mädchen murmelten einen Abschiedsgruss und hüpften aus dem Büro.

Veronika Steiger griff zum Telefon und wählte die Nummer der Dienststelle Schifffahrt des Kantons Bern.

Fünf Minuten später hatte sie ein Lächeln auf den Lippen. Könnte dies den Durchbruch bedeuten? Auf dem ganzen Thunersee gab es nur gerade zwei solche blau-weiss-rot gestreiften Motorboote!

Sie griff erneut zum Telefon, um dem Kriminaltechnischen Dienst ihren dringenden Auftrag zu erteilen. Zu ihrem

Erstaunen bat sie der zuständige Beamte, persönlich bei ihm vorzusprechen. Sie sagte zu, fragte sich aber ärgerlich, was denn das solle. Musste neuerdings etwa jeder Auftrag persönlich besprochen werden? Das wäre ja der Hammer!

Aber ihr Ärger erwies sich als unbegründet. Damian Münger, der schlaksige junge Chemiker, der seit vier Jahren im Polizeilabor tätig war, empfing sie lachend.

«Hoffentlich hast du dich nicht geärgert, Veronika, dass ich dich persönlich herbestellt habe! Aber ich habe eine Überraschung für dich!»

Veronika war perplex. «Ehm… tatsächlich?»

Damian ging zu einem mächtigen Schrank, öffnete eine Schublade und brachte ein Papier zum Vorschein. «Hier, diese Schriftprobe wurde vorgestern eingeliefert.»

«Ja, ich erinnere mich daran.»

«Und sie passt!»

Veronika starrte auf das Dokument.

«Was ich damit meine, ist Folgendes», fuhr Münger fort. «Der Filzschreiber, mit dem die Schriftprobe genommen wurde, ist mit Sicherheit dasselbe Modell, mit dem die Drohbriefe an Heidi und Kurt Fankhauser verfasst wurden. Ob es wirklich derselbe Stift war, lässt sich nicht mit letzter Sicherheit beantworten. Aber ich schätze die Wahrscheinlichkeit dafür auf neunzig Prozent.»

Veronika musste kurz nachdenken. Erst ganz allmählich wurde ihr klar, was das bedeutete. Die anonymen Drohbriefe, sie waren sehr wahrscheinlich mit diesem roten Filzschreiber verfasst worden! Aber… Der Filzschreiber gehörte doch… Konnte das wirklich stimmen? Und was wollte diese Person damit erreichen? Hing das Ganze überhaupt mit dem Mord zusammen, oder war es blosser Zufall? Veronika war jetzt höchst erregt. Waren sie definitiv auf der Zielgeraden?

Dienstag, 10.Juli

«Veronika?»

«Komm nur rein, Bruno.»

Als sie ihn erblickte, wusste sie gleich: Er kam mit einer entscheidenden Neuigkeit!

«Es war keine leichte Aufgabe», sagte er und setzte sich ihr gegenüber, «aber schlussendlich habe ich die Geschichte von dieser Martha Waser zusammengekriegt.»

«Lass hören.»

«Also, diese junge Frau aus Oberwil hat tatsächlich, wie es Frau Schläpfer erzählt hat, vor fast fünfzig Jahren eine Schneiderinnenlehre in Thun gemacht. Dass Martin Fankhauser damals ihr Freund war, und dass sie ein Kind von ihm abgetrieben hat, ist heute nicht mehr zu verifizieren. Aber ich denke, da dürfen wir Katharina Schläpfer durchaus glauben. Nach ihrem Lehrabschluss trat die offensichtlich begabte junge Frau eine Stelle in einer bekannten Schneiderei in Bern an. Viele gut betuchte Leute verkehrten in dieser Schneiderei, und so lernte Martha schliesslich ihren künftigen Ehemann kennen. Mit vierundzwanzig Jahren heiratete Martha Waser einen vermögenden Anwalt und Privatbankier. Damit legte sie nicht nur ihren Mädchennamen ab, sondern änderte auch ihren Vornamen.»

«Warum denn das?»

«Ganz einfach. Sie hatte von ihren Eltern zwei Vornamen bekommen, und offensichtlich gefiel ihr der erste, Martha, weniger gut. Darum liess sie den zweiten Vornamen neu als offiziellen Rufnamen eintragen. Dreimal darfst du raten…»

Veronika kratzte sich im Nacken. «Ehm… Nein, ich komme nicht drauf. Bitte sag es mir.»

«Die junge Frau hiess Martha Silvia Waser.»

«Was!» Veronika hob ruckartig die Brauen. «Silvia… Oh! Hat sie vielleicht einen gewissen Herrn von Fellenberg geheiratet?»

«Bingo, meine kluge Chefin! Ja, es war wie im Märchen. Aus der armen Martha war die reiche Silvia geworden. Die von Fellenbergs bewohnten fortan eine Villa am Stadtrand von Bern. Die Ehe blieb kinderlos, und der um zwölf Jahre ältere Ehemann verstarb mit zweiundsiebzig an einem Herzversagen. Silvia von Fellenberg ist also seit nunmehr vier Jahren Witwe. Und sie kommt jeden Sommer für vier Wochen ins Hotel Niesenblick in Oberwil, dem Dorf, wo sie aufgewachsen ist. Und sie war auch am Tag des Verbrechens dort.»

«Du glaubst wirklich…? Dass sie, nach beinahe fünfzig Jahren, ihren Jugendfreud, der ihr ein unerwünschtes Kind gemacht und sie sitzengelassen hat, aus Rache umgebracht hat?»

«Ja, ich könnte mir das durchaus vorstellen. Aber wie sollen wir das bloss beweisen?»

Veronika lächelte verschmitzt. «Den Beweis habe ich praktisch in den Händen!»

Erst jetzt erzählte sie ihm vom Besuch der beiden Schulmädchen, von dem auffällig farbigen Boot und von diesem roten Filzschreiber, den der junge Arzt im Zimmer von Frau von Fellenberg gesehen und von dem er geistesgegenwärtig eine Schriftprobe genommen und diese der Polizei übergeben hatte.

«Bingo!» schrie Bruno plötzlich. «Jetzt habe ich es kapiert. Frau von Fellenberg hat zweifelsfrei gelogen! Wie die Beobachtung der Schulmädchen belegt, ist ihr Motorboot *zweimal* zu diesem Ruderboot hingefahren. Beim ersten Mal hat Fankhauser noch gelebt, und beim zweiten Mal aber war er tot!»

«Ja, ich denke auch, der Fall ist gelöst», bestätigte Veronika. «Jetzt ist aber schnelles Handeln gefragt! Diese Lady muss gefasst werden, bevor sie Verdacht schöpfen kann!»

Sie nahm das Telefon zur Hand und gab ihre Anweisungen durch.

Eine knappe Stunde später stoppte der Polizeiwagen auf dem Parkplatz vor dem Hotel Niesenblick. Veronika Steiger und

Bruno Widmer stiegen aus und eilten zur Rezeption. Die Kommissarin hielt der verdutzten Angestellten ihre Dienstmarke unter die Nase. «Steiger, Kriminalpolizei Bern. Wir möchten Frau von Fellenberg sprechen.»

«Bitte sehr. Ich bin nicht ganz sicher, aber vermutlich ist sie in ihrem Zimmer. Nummer 114 im ersten Stock.»

«Herein!», klang es schon nach dem ersten Klopfen, wenn auch leise. Die beiden Beamten betraten das Hotelzimmer und schauten sich um. Nein, das war kein Hotelzimmer, das war eine Luxus-Suite. Aber wo war die Gesuchte?

«Dort auf dem Balkon ist sie ja!», rief Bruno plötzlich.

Sie traten durch die offene Balkontür. Eine ältere Frau sass auf einem Schaukelstuhl und blickte starr geradeaus über den See.

«Sind Sie Frau Silvia von Fellenberg?», fragte Veronika. «Oder würden Sie lieber mit Martha Waser angesprochen?»

Die Frau nickte nur, stumm und ohne den Kopf zu drehen.

«Frau Silvia von Fellenberg, ich verhafte Sie im Namen des Gesetzes unter dem dringenden Verdacht, Martin Fankhauser ermordet zu haben», sagte die Kommissarin trocken.

«Bitte sehr», sagte die Frau, drehte sich ganz langsam um und streckte die gefalteten Hände in die Höhe.

Die Kommissarin winkte ab. «Nein, Handschellen brauchen wir wohl keine. Können Sie gleich mitkommen?»

«Ja, ich bin zu allem bereit», sagte die Frau in festem Ton, «in fünf Minuten bin ich fertig.»

Monika Lüthi kam ganz aufgebracht ins Direktionsbüro gestürmt. «Herr Direktor, stellen Sie sich vor, Frau von Fellenberg wurde verhaftet und abgeführt, das kann doch nur ein Missverständnis sein!»

«Ja, was soll ich dazu sagen?», antwortete der Direktor. «Natürlich ist es sehr bedauerlich, wenn einer unserer Gäste eines Deliktes verdächtigt wird, aber was können wir schlussendlich dagegen unternehmen?»

«Aber ich kann es einfach nicht glauben!», stiess Monika Lüthi heraus, «Silvia von Fellenberg war doch so eine integre Person, so vornehm, so nobel, so vertrauenswürdig, seit vielen Jahren Stammgast… Und wie liebevoll sie mit ihrer neuen Bekanntschaft, diesem Bernhard von Graffenried, umgegangen ist…»

«Ich stimme Ihnen vollständig zu», antwortete der Direktor, «und trotzdem, wenn die Polizei etwas beweisen kann, dann müssen wir es wohl oder übel akzeptieren…»

«Ach wie traurig… Aber ich bin immer noch überzeugt, dass hier ein Irrtum vorliegt. Frau von Fellenberg wird bestimmt heute Abend wieder wohlbehalten bei uns sein!»

«Das hoffe ich ja auch», meinte der Direktor und deutete Monika Lüthi diskret an, er habe noch zu tun.

Mittwoch, 11. Juli

Mit geradem Rücken und erhobenem Kopf betrat Silvia von Fellenberg das Verhörzimmer der Kriminalpolizei Bern. Sie hatte sich diskret, aber gekonnt geschminkt, trug grosse Perlenohrringe und an beiden Ringfingern einen diamantgefassten Edelsteinring. Alle Achtung, dachte Veronika Steiger, die schon am Tisch sass, das kommt selten vor, dass eine Angeklagte dermassen würdevoll und selbstbewusst zur Vernehmung erscheint. Aber es gab jetzt immer noch zwei Möglichkeiten: Entweder würde sie sofort gestehen, oder dann wäre sie eine ganz harte Nuss! Veronika schwankte noch hin und her, wie provokativ sie auftreten solle, während die Angeklagte sich setzte.

«Ja, Frau von Fellenberg», begann sie schliesslich, «Sie werden eines sehr schweren Vergehens beschuldigt. Was haben Sie dazu zu sagen?»

Die Frau war offensichtlich zu allem bereit. Sie straffte sich energisch, blickte der Kommissarin direkt in die Augen und sprach mit fester Stimme. «Sie haben mich verhaftet und mich des Mordes beschuldigt. Und ich darf Ihnen sagen, dass ich mit offenen Karten spiele. Ich will Klarheit schaffen und alles erzählen. Ich gebe zu, dass alles meine und nur meine Schuld ist! Ja, ich habe in jungen Jahren grausames Unrecht erfahren, ich habe unsagbar gelitten! Martin Fankhauser, ja, er war einmal der Mann meiner Träume gewesen! Ich war, in all meiner Naivität als Siebzehnjährige, vollkommen überzeugt, das musste er sein! Kein anderer würde meine Sehnsüchte erfüllen als er! Welche junge Frau fällt nicht auf diese Masche herein? Ich muss zugeben, alles schien perfekt, Martin war definitiv mein Mann! Ja, alles Okay, bis ich dann merkte… Ich war nicht die Einzige geblieben für Martin… Schlimmer noch, er hatte mir ein Kind gemacht… Er verleugnete es aber und schickte mich unbarmherzig fort… Die ganze heile, romantische Welt brach für mich zusammen… Was sollte ich bloss tun…? Ich war nahe der

Verzweiflung… Ich hätte mich vielleicht sogar in die Aare gestürzt… Aber da geschah ein Wunder: Meine Schulkollegin Katharina holte mich zurück. Sie redete mir liebevoll zu und vermittelte mir eine Adresse, wo ich mein Kind gefahrlos beseitigen konnte. Ich bin ihr unendlich dankbar dafür. Später lernte ich einen vermögenden Mann und erfolgreichen Anwalt kennen, heiratete ihn, und mein Leben verkehrte sich ins pure Gegenteil. Keine Geldsorgen, ein schönes Haus, ein liebender Mann, wenn auch leider keine Kinder kamen… Ich führte ein wunderbares, eigentlich sorgloses Leben, aber eben, der Stachel von Martin, der mich so schmählich verraten hatte, der hörte niemals auf zu schmerzen… Nach dem Tod meines Mannes wurde es nur schlimmer. Immer stärker beherrschte mich dieser Gedanke: Willst du am Ende sterben, ohne dich für diese Schmach gerächt zu haben, fragte ich mich immer wieder. Und schliesslich stand es für mich fest: Ja, die Rache muss sein. Ich will Martin diese Schmach und Ungerechtigkeit heimzahlen! Und ganz allmählich begann mein Plan zu reifen: Eine Schusswaffe mit Schalldämpfer zu organisieren, das war das kleinste Problem für mich, ich hatte da durch meinen Mann genügend inoffizielle Beziehungen geknüpft. Und ich wusste ja, dass Martin Fankhauser frühmorgens oft weit vom Ufer weg fischen ging. Was lag also näher, als ihn dort draussen, weit entfernt von anderen Menschen, aus nächster Nähe zu erschiessen? Und die Pistole, die versinkt auf Nimmerwiedersehen im schlammigen Seegrund…»

«Sie hofften also auf den sprichwörtlichen perfekten Mord?»

Ein schwaches Lächeln erschien auf dem Gesicht der Angeklagten. «Ja, welche Mörderin hofft das nicht?»

«Und ich muss zugeben, dass Sie gar nicht so weit von diesem Ziel entfernt waren… Wenn die zwei jungen Zeuginnen am Ufer mit ihren Ferngläsern nicht gewesen wären…»

«Oh, ich wurde tatsächlich beobachtet? Von zwei jungen Frauen? Ja, ja, den perfekten Mord gibt's eben doch nur in der

Phantasie… Aber ob Sie es glauben oder nicht: Irgendwie bin ich doch sehr zufrieden mit meiner Arbeit.»

Die Angeklagte lächelte versonnen. «Wissen Sie, dieser Moment, da draussen auf dem See, als ich mich Martins Ruderboot nähere… Seine Verblüffung, als er mich erkennt… Seine Unsicherheit, wie er reagieren soll… Die Panik in seinen Augen, als ich langsam die Pistole aus der Tasche hole und er begreift… Sein Mund, den er zu einem stummen Schrei aufreisst… Seine verzweifelten Versuche, das Schicksal mit den Händen abzuwehren… Sein letztes Betteln mit angstverzerrter Miene… Dieser *eine* kurze Moment hat mich entschädigt für alle frühere Schmach…»

Silvia von Fellenberg hatte ihre Augen geschlossen. «Nun, die Rache ist vollbracht, und die Strafe dafür, ja, ich hätte sie lieber nicht gewollt, aber jetzt ist es eben so, dass ich sie akzeptieren muss…»

Die Kommissarin musste ein Lachen unterdrücken. Erstaunlich, dachte sie, wie gelassen diese Mörderin alles nimmt. «Danke für Ihre Offenheit, Frau von Fellenberg. Aber ich habe noch eine weitere Frage: Haben Sie diese beiden Drohbriefe verfasst?»

Die Kommissarin zuckte zurück, als die Angeklagte unvermittelt herzhaft zu lachen anfing. «Aber sicher! Und auch dies gehörte zu meiner Rache. Wissen Sie, ich war damals ein armes Mädchen, die kleine Martha Waser von der Schattenegg, ich trug geflickte Kleider, konnte mir nichts leisten, hatte nie Taschengeld. Können Sie sich vorstellen, wie das ist? Und meine Mitschüler, die hatten nicht etwa Erbarmen mit mir, nein, sie plagten mich und lachten mich bei jeder Gelegenheit aus. Auch diese Schmach habe ich nie vergessen können! Und was glauben Sie, wer sind die Schlimmsten in meiner Klasse gewesen? Das waren Kurt Fankhauser und Heidi Zurbuchen, die später Kurt geheiratet hat. Heidi und Kurt konnten es die ganze Schulzeit nicht lassen, mich zu erniedrigen. Immer wieder habe ich mir geschworen, ich würde mich später, irgendwann, rächen. Und jetzt, nach dem Tod von Martin, kam die Gelegenheit, den beiden zumindest ein wenig Angst einzujagen.»

«Und dieser Unfall mit dem Fahrrad, das kaputte Bremskabel?»

«Was für ein Unfall?»

«Wissen Sie das wirklich nicht? Am Tag nach dem Erhalt dieses Drohbriefes verunfallte Heidi Fankhauser schwer mit ihrem Fahrrad. Natürlich musste sie annehmen, dies sei jetzt die angekündigte Rache…»

Wiederum liess Silvia von Fellenberg ihr herzliches Lachen hören. «Also nein, was für ein Zufall! So etwas hätte ich ja niemals erwartet! Hat es denn auch Kurt mit einem wohlverdienten Unfall getroffen?»

Die Kommissarin antwortete nur mit einem Kopfschütteln. Wie war doch diese Frau berechnend! Und wie grundehrlich! Aber eine Frage hatte sie noch übrig. «Sagen Sie mal, kennen Sie den Schweizer Schriftsteller Friedrich Dürrenmatt?»

«Aber selbstverständlich! Wer kennt diesen genialen Schreiberling und Literaturnobelpreisträger denn nicht? Oh, jetzt verstehe ich, warum Sie mich das fragen! *Der Besuch der alten Dame*, das meinen Sie doch wohl?»

«In der Tat, dieses Schauspiel ist mir eingefallen, als ich Ihrem Geständnis zuhörte. Eine alte Dame, die sich an ihrem ehemaligen Liebhaber, der ihr ein Kind gemacht und sie dann sitzengelassen hat, grausam rächt…»

Silvia von Fellenberg nickte. «Ja, man könnte an dieses berühmte Schauspiel denken. Aber einen entscheidenden Unterschied gibt es schon. Dürrenmatts Alte Dame will der Gemeinde eine Milliarde spendieren, wenn jemand *anders* ihren ehemaligen Liebhaber ermordet. Ich hingegen bin *selber* zur Tat geschritten…»

Gegen ihren Willen musste die Kommissarin jetzt auch lachen. «Ja, das ist tatsächlich ein Unterschied! Ich hoffe, Sie verzeihen mir meinen Heiterkeitsanfall! Das Thema ist ja beileibe nicht lustig, und ich muss Ihnen sagen, dass Sie wegen Mordes vor Gericht stehen werden.»

«Aber sicher», erwiderte Silvia von Fellenberg, «daran zweifle ich nicht. Und ich werde die Gerichtsverhandlungen mit Interesse verfolgen, das Urteil entgegennehmen und meine Strafe absitzen. Wissen Sie, Frau Kommissarin, ich bin und bleibe eine starke Frau.»

Doch jetzt kam es anders. Vergebens versuchte Silvia von Fellenberg, ihre Haltung noch länger zu bewahren. Zuerst erschienen zwei Tränen und liefen ihre Wangen herunter, dann schlug sie ihre Hände vor das Gesicht, und schliesslich wurde sie von unkontrolliertem Schluchzen geschüttelt.

«Meine grosse Liebe…», stammelte sie zwischen zwei Schluchzern, «wenn du nur bei mir wärst… Ach, so furchtbar habe ich dich enttäuscht… Wie konnte ich dir das nur antun? Nie, niemals wirst du mir verzeihen können… Bitte, bitte vergib mir trotz allem… Mein geliebter Bernhard…»

«Was! Frau von Fellenberg ist wegen Mordverdachts verhaftet worden?»

Marianne war vollkommen sprachlos. Monika Lüthi hatte sie soeben in der Praxis angerufen und ihr vom Polizeieinsatz erzählt. Das musste sie sofort Daniel mitteilen! Marianne eilte ins Vorzimmer. Zum Glück verabschiedete Daniel gerade eine Patientin. Bevor er ins Wartezimmer gehen konnte, nahm sie ihn am Arm und flüsterte es ihm ins Ohr.

«Frau von Fellenberg?», flüsterte er nachdenklich, «irgendwie habe ich es kommen sehen…»

«Nein! Du hast es geahnt?», flüsterte Marianne ungläubig zurück.

«Nachher!», antwortete er ungeduldig und rief die nächste Patientin auf.

Eine Stunde später schloss er die Praxis für die Mittagspause zu. Und jetzt endlich konnte er Marianne von der Schriftprobe erzählen. «Du erinnerst dich doch: Als wir bei Heidi im Spital waren, hat sie uns den Drohbrief gezeigt. Und als ich, rein zufällig, zu der kollabierten Patientin ins Niesenblick gerufen wurde, sah ich auf ihrem Schreibtisch einen roten Filzschreiber liegen. Da dachte ich sofort, wer weiss, vielleicht ist es derselbe? Ich habe eine kleine Schriftprobe genommen und den Zettel der zuständigen Kommissarin zukommen lassen. Und offensichtlich hat dies einiges ins Rollen gebracht…»

Marianne wäre ihm am liebsten um den Hals gefallen. Aber sie begnügte sich mit einem festen Händedruck. «Mein kleiner Held! Neben deiner Tätigkeit als Landarzt klärst du noch schnell einen Mord auf!»

«Also bitte, es war bloss reiner Zufall!»

«Das ist eben die grosse Kunst, Zufälle für sich zu nutzen», erklärte Marianne.

Und plötzlich fühlte sie sich so leicht und beschwingt wie schon lange nicht mehr. Sie schaute Daniel an und spürte eine ungeheure Zärtlichkeit in sich aufsteigen. Noch zögerte sie. Aber plötzlich erschien ihr alles klar. Ja und nochmals ja: Es war endlich soweit, jetzt musste und durfte es sein!

«Ach, Daniel», sagte sie, umfasste sanft seinen Kopf, zog ihn an sich und küsste ihn sanft auf den Mund.

Er liess keinen Widerstand erkennen und erwiderte den Kuss in aller Zärtlichkeit…

Freitag, 13. Juli

Bernhard von Graffenried war am Boden zerstört. Seine schönste Hoffnung hatte sich mit einem Schlag in Luft aufgelöst!

Zum vierten Mal griff er nach dem Brief, las ihn durch und legte ihn fassungslos wieder auf den Tisch. Silvia! Wie kannst du nur! Was für eine bodenlose Enttäuschung! Hast mir Liebe vorgegaukelt, dabei hattest du kurz vorher kaltblütig einen Mann getötet! Um Verzeihung bittest du mich? Wie könnte ich so etwas je verzeihen? Niemals, niemals!

Bernhard hielt es nicht mehr aus in seinem Hotelzimmer und spazierte über die Wiese hinunter zu See. Da stand sie: Unschuldig, hölzern, schweigend. *Ihre* Bank! Was für ein Hohn! Auf dieser Bank hatte er sich in die schöne Silvia verliebt! Und es war erst fünf Tage her, da hatten sie sich auf dem Boot umarmt und leidenschaftlich geküsst!

Bernhards Stimmung fuhr Berg- und Talfahrt. Ach, Silvia, wie gerne würde ich dir alles verzeihen! Aber ob ich das fertigbringe? Ja, dieser Mann hat dir damals schweres Unrecht zugefügt. Nur, war die Todesstrafe wirklich der einzige Weg für dich?

Ach, Silvia, ich vermisse dich jetzt schon! Aber… Werde ich dich im Gefängnis besuchen kommen? Ich nehme es mir fest vor, das schwöre ich dir, aber ob ich dann den Willen dazu aufbringe? Alles Gute, Silvia, meine vergebliche grosse Liebe… Bernhard spürte, wie seine Augen feucht wurden. Er liess sich auf die Bank fallen und ergab sich einem hemmungslosen Schluchzen.

Mittwoch, 5. September

Gegen neunzehn Uhr erwachte Katharina Schläpfer allmählich aus der Narkose. Sie schlug die Augen auf und begann, matt zu lächeln. Konrad sass auf ihrem Bettrand und hielt zärtlich ihre Hand.

«Gottseidank», flüsterte er, «willkommen zurück im Leben, Katharina! Es ist alles gut gegangen, und die Chancen auf vollständige Heilung sind absolut intakt. Wie bin ich erleichtert!»

Katharina zog ihn sanft zu sich hinunter und drückte ihm einen Kuss auf die Lippen. «Ach Konrad, es ist so schön, noch am Leben zu sein. Und ich will noch viele, viele Jahre mit dir zusammen verbringen.»

Freitag, 16. November

Das Berner Kriminalgericht hatte lange und ausführlich beraten. Die Richterinnen und Richter waren sich schlussendlich einig gewesen: Die Angeklagte hatte in jungen Jahren grosses Unrecht erlitten. Trotzdem gab es nur wenige mildernde Umstände für den geplanten und kaltblütigen Mord an Martin Fankhauser. Silvia von Fellenberg wurde zu achtzehn Jahren Gefängnis verurteilt.

Sie nahm das Urteil erhobenen Hauptes entgegen, lächelte selbstsicher in die Runde, stand auf und verliess, von zwei Polizisten flankiert, mit energischen Schritten den Gerichtssaal.